KB269370

하늘·물·땅

하늘 · 물 · 땅
캐나다 펜문학 제1집

초판 인쇄 | 2010년 04월 10일
초판 발행 | 2010년 04월 15일

지은이 | 허대통 외
펴낸이 | 신현운
펴는곳 | 연인M&B
디자인 | 이희정
기 획 | 여인화
등 록 | 2000년 3월 7일 제2-3037호
주 소 | 143-874 서울특별시 광진구 자양동 680-25호(2층)
전 화 | (02)455-3987 팩스 | (02)3437-5975
홈주소 | www.yeoninmb.co.kr
이메일 | yeonin7@hanmail.net

값 10,000원

ⓒ 국제펜클럽 한국본부 캐나다지역위원회 2010 Printed in Korea

ISBN 978-89-6253-052-0 03810

캐나다 펜문학 제1집

하늘 · 물 · 땅

국제펜클럽 한국본부 캐나다지역위원회

허대통 외 지음

연인M&B

캐나다는

허대통
(국제펜클럽 한국본부 캐나다지역위원회 회장)

캐나다는 세계에서 두 번째로 큰 나라다. 바다와 같이 큰 오대호와 장엄한 로키산맥은 알프스산맥의 눈산만큼, 2~3만 피트 상공에서 보면 구름을 뚫고 나온 산 정상에 빙하의 도시를 볼 수 있는데, 거닐고 싶은 유혹까지 자아낼 만큼 자연의 아름다운 신비가 웅장하다.

그런가 하면 가도 가도 끝없는 대평원, 북으로는 알래스카를 연접하고 북극해는 지하자원 매장량이 세계 제2위라 한다. 동서로는 태평양과 대서양을 껴안고 있는가 하면 남으로는 미국과 국경선을 영접하고 있다. 밴쿠버는 세계에서 제일 살기 좋은 도시로 인정받고 있다.

또한 온타리오주에 있는 나이아가라폭포는 신혼부부가 선호하는 관광지로 빼놓을 수 없다. 한마디로 말하면 캐나다는 자연의 아름다움과 보화를 듬뿍 선물로 받은 나라다. 수목이 울창하고 2만 개가 넘는 호수는 곳곳에 절경을 이루며 생수가 흘러 넘치게 청수를 공급한다.

캐나다 역사는 원주민과 더불어 풍요로운 이민 역사와 함께 오늘에 이른다. 캐나다의 특이한 점은 많은 인종이 특히, 토론토시에 같이 어울려 살며 이들의 문화는 우리의 일상에서 서로 교환되어 복합문화를 만든다. 토론토시에서 전차를 타든지 시가지를 거닐다 보면 언어의 문화, 음식문화, 의상문화를 흥미롭게 보게 된다.

특히 여기에서 중요시할 것은 100여 개가 넘는 다른 언어들이 사용된다는 것이다. 캐나다에 사는 한인의 인구는 타민족에 비하여 숫자적으로 그리 많지 않지만 블루어 스트리트나 노스욕 시가지를 지나치다 보면 얼마든지 귀에 익은 우리의 귀중한 언어를 접하게 된다. 이 얼마나 자랑스럽고 흐뭇한 한인의 긍지를 불러오는데 충분하다.

캐나다의 복합문화는 캐나다 연방정부의 정책으로 각 종족의 언어와 문화를 꽃피워 이 나라 복합사회에 선물하라는 것이다. 인종을 차별하지 않으며 다른 문화를 탓하고 무시하지 않는 사회, 서로를 존중하고 받아들이는 사회, 캐나다의 토론토시는 21세기에 꼭 필요한 복합문화의 온상지다.

이렇게 풍요롭고, 평화로운 복합언어 다문화 나라에 한국국제펜클럽이 4년 전에 설립됨은 문인들은 물론 한인 동포와 독자들에게 기쁨이며, 특히 처녀지, 캐나다 펜문예지를 선보이게 되어 회원들은 물론 동포사회에 큰 자부심이라 할 수 있다.

국제펜클럽이란, 요약하면 국제간의 문학단체이며 더 나아가 인류평화와 인권을 옹호하는 문학단체이다. 이런 면에서 다른 많은 문학단체와는 성격이 다르며 캐나다지역펜위원회는 그래서 필요하다.

문학이란 개인으로부터 공동체, 아주 크게 보면 인류를 위한 인간 가치와 삶의 의미를 언어예술로 창조해 내며 정의를 토대로 한 평화를 위해 기쁨을 창출해 내는 삶의 윤활유 역할을 주도하는 것이 문학이라 하겠다. 보편적으로 문학은 문화면에서 과학, 신학, 철학을 능가한다고 생각된다.

문학활동은 복합문화 속에서 다문화 간(번역문학에 의하여)에 대단히 중요한 다리 역할을 한다. 우리는 타인종의 문인과 그들의 문화를 받아들이고 존중하는 것이 중요하다고 생각한다. 우리의 문화가 중요하다면 다른 나라 문화도 중요하다. 내 종교가 제일이라면 남의 종교도 이와 맞는 대접을 받는 것은 지당한 일이다. 내 나라만의 권익만 주장하는 개인이나 민족은 복합문화 사회에 어울릴 수 없다. 문인 자신도 예외는 아니다.

국제펜클럽 캐나다지역위원회는 이러한 이상과 겸허한 자세로 펜을 잡고 활동할 때 동포사회는 물론 언젠가는 복합문화에 동화되는 문인 활동을 할 수 있을 것이다. 또한 우리의 전통적이고 자랑스런 한국의 언어와 문화를 2세들에게 전수하도록 이 땅에 널리 펼쳐나가야 할 것이다.

캐나다지역위원회는 앞으로 오손도손 순수한 문학활동을 하고자 한다. 더 나아가 열린 세계를 바라보는 폭넓은 문인으로서 세계의 시민이란 긍지를 가지고 펜을 잡을 때 노벨문학상까지도 가능하리라 믿는다.

캐나다 펜문예지 출간에 원고를 보내주신 회원님들께 진심으로 감사를 드리며 아울러 창간호에 이어 제2집의 출간도 고대해 본다. 이 창간호가 나오기까지 협조해 주신 총무 정충모 회원과 특히 편집을 도와주신 조미나 회원께 감사드린다.

국제펜클럽 캐나다지역위원회 발전을 기원하며

이길원
(시인 · 국제펜클럽 한국본부 이사장)

우선 국제펜클럽 캐나다지역위원회의 〈PEN문학〉 발간을 축하합니다. 문학이 모든 예술의 근간이 되고 있음은 자명한 사실입니다. 시와 소설과 수필이 있어 음악이 있고 오페라가 있으며 연극이 있고 영화가 있습니다. 그럼에도 불구하고 문학이 정책 당국자는 물론 사회로부터 소외되고 외면당하고 있는 것이 오늘의 현실입니다. 문학인들만이 시를 읽고 소설을 읽고 수필을 읽는 시대가 되었습니다.

이와 같은 어려운 사회적 여건 속에서 캐나다지역위원회가 이번에 문학지 창간호를 발간하게 된 점은 경하하지 않을 수 없습니다. 이는 캐나다 펜 회원들의 열의에 찬 창작 의욕의 결과라고 생각합니다. 더구나 먼 해외에 거주하면서 작품활동을 계속한다는 것은 문학에 대한 열정 이외에 고국과 모국에 대한 깊은 애정에서 생긴 것이라고 볼 수 있습니다.

현재 국제펜클럽 한국본부 지역위원회 중 일부는 여러 가지 여건으로 제 기능을 발휘하지 못하는 위원회가 많습니다. 그럼에도 캐나다지역위원회는 회원들이 서로 단합하여 잡지도 발간하는 등 다른 지역위원회의 모범이 되고 있어 대단히 기쁘게 생각하고 있습니다. 이는 캐나다 지역원원회 회원들의 단결과 화합의 결과라고 생각합니다.

국제펜클럽은 국내 다른 문학단체와는 그 성격이 다릅니다. 세계 속에 한국 문학과 문화가 그 중심에 서도록 노력해야 합니다. 그러나 이것은 어느 특정한 사람의 노력으로만 이루어지는 것은 아닙니다. 물방울이 모여서 대하를 이루듯 우리 모두의 노력과 힘이 합해져야 합니다.

각 지역위원회에서도 지역 문학의 세계화를 위하여 모든 회원들이 열정적으로 활동할 때 목표에 근접할 수 있다고 봅니다. 그런 점에서 캐나다지역위원회의 활동은 다른 지역위원회의 모범이 되고 있습니다. 앞으로도 더욱 정진하여 한국 문학 세계화에 앞장서 주시길 바랍니다.

| 차례 |

정해년의 새 아침

이길원

용서하소서
남의 잘못엔 상쇠 꽹과리 치듯 하다가
스스로에겐 시치미 떼고
눈앞에 떨어지는 물방울 하나
제대로 묘사하지 못하면서
코끝의 안경처럼 시인 앞세워
남의 글 혹평을 일삼았지요
몸뚱이 구멍마다 오물만 내 보내며
미소 지은 채 남의 등이나 밟고
가증스럽게도 엄숙한 얼굴로
신 비위나 맞추려는 듯 기도하며
한 해를 보냈습니다
실타래처럼 엉킨 많은 죄
이 설날 하루만이라도 풀어 보려니
차마 부끄럽기만 합니다
용서하소서

- 1944년 충북 청주 출생, 청주고, 연세대 졸업
- 월간 『주부생활』 편집부장 역임, 유신 후기 필화로 퇴사
- 저서 『하회탈 자화상』, 『은행 몇 알에 대한 명상』, 『계란 껍질에 앉아서』, 『어느 아침, 나무가 되어』, 『헤이리 시편』 외, 영역시집 『Poems of Lee Gil-Won』, 『Sunset glow』
- 제5회 천상병시상, 제24회 윤동주문학상, 제41회 대한민국문화 예술상 수상
- 국제펜클럽 한국본부 이사장, 『문학과 창작』, 『연인』 편집고문, '문학의집 서울' 이사
- (150-870) 서울시 영등포구 여의도동 13-5 오성빌딩 1105호 국제펜클럽 한국본부

이길원

나는 지금

이길원

내가 지금
흐르는 구름과 스치는 바람 속에
여름 오후를 즐기는 것은
해방 후 이 나라 어지럽히던
붉은 깃발 혼돈 속에서
자유와 민주로
올올히 엮어 만든 태극기 때문이다
6.25 남침 시
UN을 움직이고 맥아더를 감동시키며
이 땅을 지킨 그때의 눈물 때문이다
전쟁이 할퀸 폐허 땅
가난이 뼛속까지 스미던 날
잘 살아 보자며 경부고속도로 깔던
그때의 땀 때문이다
나는 지금
한 잔의 커피와 비발디의 바이올린 속에
풍요로운 오후를 즐기고 있다
젊은이여
젊음이여

나비

이길원

거미줄에 걸린 이슬
햇빛에 눈부시다
나비 한 마리
보석 같은 이슬에 앉으려
앉으려다 걸려 버렸다
버둥거릴수록 조이는 거미줄
날 수 없는 나비 되어
날 수 없는 나비 되어
아무도 눈 여기지 않는 숲 속
봄날 아침
사람아
사람아
남쪽 사람아

단 한 끼에

이길원

늦은 아침 탓인가. 해가 중천인데도 배 속이 그득하다. 같이 식사할 친구도 없었다. 혼자 식당가를 어슬렁거리기도, 수저를 들기도 쑥스럽다. 에라. 의사도 한 3Kg만 줄여 보라는데 건너자. 책을 읽다가 메일도 확인하다가 훌쩍 3시를 넘겼다. 배 속에서 쪼르륵 소리가 난다. 고프다. 허기진다. 어쩌나. 점심으로는 늦고 저녁으로는 이르고. 내친김에 기다리자. 시간이 늦게 간다. 해이리 강변에 해 그림자 드리우자 어지럽다. 눈이 침침해진다. 앞이 잘 안 보인다. 현기증이 인다. 아니 단 한 끼를 넘겼을 뿐인데…… 배가 아프다.

사람아
사람아
북쪽 사람아

생명

이길원

우주 속 어느 별이던가

비가 지나고 바람이 불면
무지개 뜨던 어느 별에서
한 생애 그린 듯 살다가
아니면
한 백 년이나 천 년 전쯤
나와 맺었던 전생의 인연으로
저 어디 프랑스나 미얀마도 아닌
더더욱 북한도 아닌
남쪽 하늘 아래에서
이제는 전생의 어느 때처럼
소중한 사람이 되어
소중한 사람이 되어
영원을 넘고 넘어 태어난
나의 손녀

비천(飛天)

문효치

어젯밤 내 꿈속에 들어오신
그 여인이 아니신가요.

안개가 장막처럼 드리워 있는
내 꿈의 문을 살며시 열고서
황새의 날개 밑에 고여 있는
따뜻한 바람 같은 고운 옷을 입고

비어 있는 방 같은 내 꿈속에
스며들어 오신 그분이 아니신가요.

달빛 한 가닥 잘라 피리를 만들고
하늘 한 자락 도려 현금을 만들던

그리하여 금빛 선율로 가득 채우면서
돌아보고 웃고 또 보고 웃고 하던
여인이 아니신가요.

- 동국대 국문과 및 고려대 교육대학원 졸업
- 1966 한국일보, 서울신문 신춘문예 당선
- 〈신년대〉, 〈진단시〉 등 동인활동
- 시집 『무령왕의 나무새』, 『계백의 칼』 등 다수
- 산문집 『시가 있는 길』 등 3권
- 시문학상, 펜문학상, 동국문학상 등 수상
- 현재 국제펜클럽 한국본부 명예이사장
  『미네르바』 발행인, 『연인』 편집고문
- (135-970) 서울시 강남구 대치2동 은마Ⓐ 26동 1101호
- (02)567-2591, 016-241-1101

문효치

손에 관한 명상 1

문효치

손을 빛나게 하는군요.
어둠 속에서 가만이 눈을 감았다.

생각 속으로 스며드는 동백꽃
황금잔같이 환한 꽃 속에
작은 집 한 채 들어 있다.

술같이 달아서 맑은
향불 하나 들어와 사는 집.

대문에 그리움 한 구름 걸어놓고
손사래로 세월에 일렁이는 물살 지으며

정말 빛나는 손으로
묵은 어둠 물리치고 있었다.

바다 어둠

문효치

바닷물에 젖은
어둠이
내 속살에 들어와 있던
물새 한 마리 지우고 있다.

내 뇌 속에 고여 있던
종소리 한 떨기

내 피 속에 섞여 있던
햇빛 한 다발

내 뼈 속에 섞여 있던
절 한 채 지우고 있다

바닷물에 젖은
걸쭉한 어둠이
내 속을 걸어다니며

저기 아득한 시간
그 바깥의 머나먼 나라로
나를 밀어내고 있다.

수덕사의 뜰

문효치

적막이 너무 무거워
목을 뒤트는 나무 잎사귀

푸른 하늘도
견고한 적막에 부딪쳐
깨지고 으깨져
골짜기로 떠내려가고

수덕사 독경 소리마저
그대로 굳어 법당 앞에 쌓여 있는데

여기 들어온 순간
내 몸 또한
아무 뜻도 없는 한 점 적막일 뿐

색도 형체도 보이지 않는
태어나기 이전의
한낱 허공일 뿐.

시

문효치

생각지도 못했던
먼먼 아지랑이 넘어
상상의 세계에서
날아와 가슴속에 내려앉고
이내 하얀 뿌리를 내려

가슴의 진액을 빨아들이며
잎과 꽃을 피우며
나를 허무로 앓게 하고
몸져 눕게 하는
저것

이름도 형체도
분명치 않은
미지수의 문제아.

스카브로(Scarborough)*에서 쓴 편지

김준태

1.

아직도 창 밖은 근엄하다. 낡은 가죽 잠바는 한쪽 팔을 접고 쓰러진 침묵을 참고 있다. 아무리 웅크려도 떨어진 오줌방울보다 단단치 못한 믿음. 아니 처음부터 굴곡진 불안을 어쩌진 못했다. 생각은 곧 추억을 흔들고 파랗게 질려 있는 내면을 꺼낸다. 스스로 이끌어 온 확신이란 얼마나 앙상한 그림자에 불과한가. 나는 벌써 내 안에서 죽어가고 있다.

2.

중심을 관통해 온 모든 경로에 대한 고찰은 이내 축 늘어진다. 죽도록 걸어왔으나 나는 아직도 그곳에 있을 뿐. 언제나 외곽만을 따라 도는 보이지 않는 어둠의 파편일 뿐. 낯익은 물상들이 재빨리 자기 몸짓을 두르면 나는 서둘러 돌아와야 한다. 가늘고 흐린 습관의 들창마다 단단하게 못질된 목판화 속. 나의 응시에 대한 어떤 처방전도 이미 그 용법을 잃었다.

3.

무료함이 천천히 다가간다. 종잇장 같은 눈동자를 고립의 틈 사이로 끼우며 스스로 밀폐된 인식의 벽 속에 갇힌다. 한순간, 오로라같이 빛나는 흑조(黑鳥)들의 갈퀴질. 그들은 나의 응시 앞에서 또 다른 나의 침묵을 파헤치고 있지 않느냐. 다시금 나는 무중력의 한가운데, 새로운 불연속면(不連續面)이 된다.

4.

얼마나 오랜 풀씨, 얼만큼 많은 새들인가를 또한 나도 상관치 못한다. 질문은 얼마나 엄연한 답변인지, 이미 시작에 대한 모든 것들을 거부하지 않는가. 검은 새들이 실상은 빛나는 초록의 깃털도 함께 가진다는 새로운 터득의 뒷주머니를 만들어 달 뿐. 나의 낡은 잠바 한 쪽 팔은 떠나온 길만큼 접혀 있을 것이다. 시간의 점철로도 이 공간의 아득함은 해결의 기미를 보이지 않는다. 창밖에는 벌써 얼음 살이 낀다.

* Scarborough : 토론토 동부 지명.

樹南 金俊泰
• 『시와 시론』 시 추천
• 펜클럽, 한국신시학회, 서울시단 회원
• 96시대, 2000년대 문학지평, 바탕시, 시.6.토론토 동인
• '시현실' 편집장 역임
• 시집 『저 혼자 퍼덕이는 이 가슴은』 외 공저 다수
• 허균문학상 수상

김준태

밤낚시

김준태

숨소리 끝을 보는 것
불의 숨.
바람의 숨.
물결의 숨.
일렁이다 지는 노을
그 울림의 한가운데에
닿는 것.
아직껏 남은
틈 사이
호사스러운 아픔마다 이별하며
다시 깜깜한 마음으로
살 박혀 들어간
수심(水心).
줄 하나로
보이지 않는 확연함을
새벽 안개 속에 묻는 것.

공중유희(空中遊戱)

김준태

떠나온그자리에다시돌아오다시린무릎을달래며간헐적으로기침하
는전구빛에손가락을넣다공복의위장이뒤트는허공중허공변기의목젖
이쇳소리를내며머리카락한올을빨아마신다한줌세월한품사랑의에필
로그끝없는변이(變異)변위(變位)변의(變意)떨어질수없는고공의고착
점에서추락을꿈꾸는이탈의한계내가한사랑이그렇다내가산삶이그또
한기도만큼술을마신골방의기억에다시묻히다어디일까누구일까무엇
일까창밖엔분간없는어둠뭉터기진바람소리속에점멸하는항공기의표
시등하나.

내 사랑은 캥거루처럼
—영에게

조미나

내 사랑은 캥거루처럼
자꾸만 그날의 너를 부른다
너는 강을 쳐오르는 연어처럼
자라나서
너의 세계로 헤엄쳐 나아갔구나
그 옛날 네 주머니였던
나는 이제는 텅빈 둥지로 남아 있지만
너는 늘 내 알맹이 중의 알맹이,
그 얼이 되어
나는 널 곰삭인다
어릴 적 우윳빛 피부며
천사의 미소며
아장거리던 뒷모습이며
너의 그 눈부신 무지개로 빛나던
모든 것이
이리도 시리게 사무치게 하는구나

조미나

- 『시문학』으로 등단(1985)
- 홍익대학교 영어영문학과 졸업
- 충남대학교 대학원 영어영문학과 졸업(영문학 박사)
- 전 대학 강사, 백지 동인, 호서문학 동인
- 시집 『바람제』, 『생명나무를 찾아서』, 『사랑의 침묵』
- 이론서 『예이츠 희곡선집』, 『W.B. 예이츠 시해설』(The Explanation of W.B.Yeats's Poetry) 외 다수
- 번역서 『야코프 뵈메의 고백』, 『조셉 콘라드의 단편선』
- 현재 토론토 거주

이제는 놓아주고
너와 나
훨훨,
어디로든 떠나갈 수도 있겠지만
어디서건 빈 둥지로 남은
내 주머니는
커다란 흔적으로 남아
캥거루 앞주머니처럼
텅 빈 추억의 주머니를 안고서
지금껏 네 보드라운
곰살맞은 흰손과 볼에
입맞추고 싶어진다.

붉은 장미에게

조미나

혼들리는 나뭇잎의 춤사위에서
자유를 만끽한다
그 위의 꽃봉오리의 미소에서
낙원의 향내를 맡는다
눈부시도록 오색 무지개빛
하늘에 두 팔 벌리고
땅에 두 다리 뻗어
달려가는 저 모습을
나는 왜 명경대 삼지 못했던가.

너를 기다리는 것이
내 한 생애의 일이였던 것을
잃어버린 삶을 찾은 듯
너와 하나가 되는 것이
내 모든 꿈의 종착지였던 것을
나는 왜 모르고
늘 눈먼 집시가 되어
마구 헤매 다녔단 말인가.

가도 가도 끝이 없던
귀향길을 너와 함께
춤추는 왈츠가 되어 떠나간다.
너와 더불어 꿈꾸며
그리운 줄도 모르고
내 님인 줄도 모르고
둥글게 휘돌아가는 한 빛이 되어
나는야 잃어버린 왕국으로 간다.

라벤다 향기 속에서

조미나

지구를 지키는
전사의 역을 잘 맡는
브루스 윌리스의 SF 영화 〈대리인〉에는
젊고 건강미 넘치는 불멸을 꿈꾸는
모든 사람의 열망을 충족시키는
로봇 인간이 또 다른 내가 되어
미래의 거리를 활보한다.

어릴 적부터 사철 포도향을
갈구하였던 나는
잘익은 포도의 향내를 늘 그리워했다.
언제부턴가 아기 예수의 속옷을 널은 후
라벤다에는 향기가 생겼다는
그런 기독교 전설이 아니더라도
우연히 보랏빛 포도색의 라벤다의
꽃 향내에 대리 만족을 느끼며
포도철이 오기까지
잊혀진 태고 적 안락과 평화를 꿈꾸었다.

향내의 바다에 잠긴 나는
장미향보다도
차라리 진한 포도향을 그리워한 것은
늘 미지의 알 수 없는 포근함을
그리워한 까닭이리라.
라벤다 향내에 숨은 내 코끝 전설은
포도향에 대한 아련한 그리움을
굽이굽이 펼쳐내면서
보라빛 신비의 바다로 넘치고 있다.

촛불
―막달라 마리아의 노래

조미나

한 목숨을 부여받아
이 땅에 왔네.
오로지 빛만을 밝히기 위해
그만큼의 오롯한 영지.
그리도 타올라야 할 길이 멀어
그대가 부여받은
델피의 신탁만을
타오르는 혼불에 새겼네.

붉은 장미꽃보다 싱그러워라,
그대의 불춤의 침묵.
빛을 발할수록
이 땅의 그대의 영토와
명줄은 줄어만 가는
잦아드는 모래시계.
스러져간 그 빛은
모두 하늘의 성좌로 떠올라
먼 후일 세상의 끝자락에서
은하수를 더듬어
그대를 추억하는 이 누구던가?

그대 혼불은
시간의 나침반 되어
십이궁좌 그 지침을 달려가고
늘 마음은 천상에 닿아 있네.
그대의 마지막 잦아드는
단말마의 빛까지도
성모의 빛의 손길에 닿아
숭엄한 한 빛의 구름다리를 놓았네.
제 영혼을 살삼아 피를 삼아
희생제를 드리며
빛을 자아낸 그대를
내 이리도 시리도록 알아보았기에
하늘과 땅 사이
천상의 구름다리를 찾을 수 있다네.

성녀 소피아를 위하여

조미나

그녀는 사라지고 없는데
그 자녀들은 모태를 모르는 채
자신들의 탄생을 기념한다
누가 자신들의 모태였으며
누가 자신들을 낳기 위해
수고했는지 알길도 없고
알려고도 하지 않는
무뇌의 고아들인 그들이
자신들의 생일은 용케도 찾아내어
기념비를 쌓는다.

그들에게는 아주 잊혀진
그녀이지만
곰곰이 각성하여 따져 보면
분명 그녀의 땀방울과 피가 얼룩진
노고의 흔적들의 결실이
그들 자신들임을 문득
각성하는 날도 있으련만
유독 생일이라는 그날만은
그녀의 그림자가 깊게 드리워 있다.

손 놓아 버린 어머니,
그 모태가 어디에서
백골로 뒹구는지 모르는 채

아주 잊혀진 버려진
신문 조각이 뒷골목 어귀에서
사나운 바람에 뒤척이며
산발한 그녀는 그렇게
버려진 휴지조각의 비상으로
어지러운 세상으로 돌아오고 있다
생일에만 얼비치던 그녀의 존재가
이제는 가로등불 잦아드는 숨결로
소리 없이 젖어오고 있다.

성(城)을 찾아서
―미켈란젤로의 〈최후의 심판〉을 보면서

조미나

인생의 사계절에서
늘 먼 길을 걸어
잊혀진 성을 찾아가는
나는 홀로가는 나그네
그리움일랑 접어두고
온갖 사랑도 미움도
슬픔마저도 사치로 여기며
나는 자주자주 남루함을 붓을 삼아
그림을 그리려하네
날마다 황혼녘이면
가던 길을 멈추고 옷깃을 여미고
밀레의 만종의 부부처럼 두 손 모으고
나의 추숫날을 명상하네.

내 살아가는 이 고독한 외길은
내님이 거주하시는
잊혀진 전설의 성을 찾아
애써 나아가는 길,
어둠을 헤치며 마침내
내가 남루한 차림새로 성에 안착했을 때
님이 나를 반겨
온갖 향료와 비단으로 온몸을 감쌀 때
나는 님께 무엇을 드릴까 염려하네.

하여, 나는 늘 심장의 심지로 불을 켜고
혼신의 힘으로 빚어낸 숨결을 모아
나만의 그림 한 폭 갖고 싶네
그 그림을 내 님께 드리면
나의 부끄럼 조금은 덜하고
내 흠도 덜하여
내 영혼이 자족하길 바라네.

날마다 가슴 한편 저미는
아린 세상사에서 스쳐지나는
나그네의 고독한 발길이지만
내 인연 맺은 것들을 소중히 보듬으며
젖은 연민의 눈매로 바라보는 일,
그 모든 것이 나의 유채색 밑그림이 된다네
늘 미켈란젤로의 고른 숨결과
붓 가는 터치와 그 얼을 마음에 새기며
먼데 성으로 가는 길에
늘 나의 밑그림을
수정하고 덧칠하며
길 잃고 헤매는 사람들이
빛으로 나아가는 문을
한눈에 알아볼 수 있는
나도 그런 명화 한 폭 남기고 싶네.

사과나무에게

조미나

사랑은 연합이다
그대 가는 길을 나도 가고
나의 가는 길을
그대도 함께 가는 것이다
오랜 열정으로 가도 가도 지치지 않는
사랑은 오색 무지갯빛
그러나 한 빛이다.

태극마크처럼

조미나

내가 슬프고도 기쁜 까닭은
그대를 알게 된 때문이다
온 우주가 우리를 찬미한다 해도
온통 어둠이 우리를 갈라선다 해도
내 그대를 불렀고
그대 나를 불러
파란 너울,
빨강 너울,
혼불을 불러
내 깊은 잠을 일깨우니
마침내 우리 둘이 만나
두 손 맞잡고
춤으로 휘돌아갈 때
누구인들 우주의 합창이 아니되련가
내 그대를 알듯이
그대가 나를 알듯이
우리는 눈빛만으로도
서로를 흡수하는
서로가 서로에게 맞물린
하나가 아니런가.

율도국
—격암유록의 마음밭 처럼

조미나

맑스 레닌주의는
가장 이상적인 이론일지도 모르지만
결국 탐욕을 먹고 사는
인간 마음속에
우후죽순 시퍼렇게 돋아나는
이기심이라는 가라지들로 인해
어쩔 수 없이 모든 이상이
그늘 속에 가리워져서
순수한 벼이삭들은
우리들 마음밭에 닿지 못하네.

누구나 고대하리
홍길동의 그 이상의 율도국을,
그러나 가도 가도 끝닿을 수 없는
욕망의 활화산을 저마다 숨기고
살아가는 사람들 마음속에
약육강식의 덫은 자라나고 있나니
아무도 타인의 아픔을
온정의 붕대로 감쌀 수 없으매
아무리 노 저어가도
이상 세계 율도국은 보이지 않네.

태고 적 창세기의 신의 저주는
대지로부터 억센 갈고리를 들고 올라와
어디에도 이상국이 없는
가시밭 형극의 길
율도국을 찾아가기 위해
사람들은 저마다 마음밭을
부지런히 갈고 닦아야 하네
대지는 거칠고 공장 매음은
깊이 곪아가는데
율도국을 찾아나선
우리 모두는 마음밭을 먼저 갈아
삼신산(三神山)으로 노저어 가야 한다네.

끝없는 사랑

조미나

나 이렇게 사랑하고 싶은데
마음 통하는 벗들
모두 한자리에 모아
블로그다 홈페이지다
모두 척척 만드는 홈페이지 운영자되고
페이스북이다 마이페이스다
온갖 세계의 벗들 시공을 초월하여 만나는
컴맹이 아닌 컴퓨터의 달인이 되어
언어의 달인이 되어
나 마음껏 사랑의 전도사가 되고 싶은데
그것은 인터넷 혼불의 사랑.

어느 산골짝이 어느 섬에 살아도
세상 모든 벗들과 통하는
서로의 근황을 사진으로 시로
일기처럼 쓴 푸념까지도 나누고 싶은
사해 동포애,
나의 기상도는 아직은 괜찮다고
나의 움막은 갈수록 평안해지고 있다고
한번도 만나지 못한
그러나 늘 사랑으로 찰랑대는
가슴이 벅차는 벗들에게
늘 안부를 전하고 싶은데
그것은 새 시대 빛물결 사랑.

물거품처럼 빛과 사랑을 몰고 오는
깨어 있는 지구촌을 가꾸기 위하여
눈빛만으로도 서로를 알 수 있는
이름 모를 신비의 벗들을 만나
살며시 늘 어루만지고
유럽도 북미도 호주도 아시아도
어디에서나 그물맥처럼 이어지고 싶은데
허기진 방황하는 벗들을 토닥이고 싶은데
가난한 이민자 시인의 마지막 보물섬처럼
나 어느 무인도에서 로빈슨 크루소가 되어
이토록 고독이 깊어가도
나 이렇게 사랑하고 싶은데
그것은 숨은 신의 끝없는 사랑.

속삭임

허대통

시간을 불사르는
태양의 불꽃처럼
원소의 모래알 같은
영겁의 비밀들이
한 손에 두 손에
쌓여가고 있었지

홀로 외치는 소리
허공을 가로질러
긴 여로에 지친 내 발길
물보라에 넘어져 울었지
수십 년 헤매는 사막에서

메마른 하늘을 바라본다
찬 이슬로도 젖지 못하는 두 눈에
가득히 고인 어둠을
귀뚜라미 울음만 헤집고 있었지.

허대통

- Variety Crossing Press(한카문학 출판사) 대표
- 국제펜클럽 한국본부 캐나다지역위원회 회장
- 캐나다 작가연맹(The Writers' Union Of Canada) 회원
- 캐나다 소수민족미디어협회 회원
- 2008 국제펜클럽 한국본부 제41회 서양어부문 번역문학상 수상
- 2008 한국시선집(영역) 문학바탕 출판사, 서울
- 1999~2009 한카문학 비영리출판사 편집주간(20권 출판: 영어)
- 번역 : 김상의(A Dream Called Laundry, 세탁의 꿈) 한역
        김명인 시집(파문) 영역, 대산문화재단 추천 진행중
- 2007(겨울호)~2008(가을호) 미네르바 1년간 연재(한역: 세탁의 꿈)
- 2005 슬로베니아 국제펜 세계대회에서 주제발표
- 2004 시집 『파도』(영어와 한글) 출판
- 영문시 다수, 루마니아에서 루마니아어로 번역 문예지에 출판

빈 소주병

허대통

어둠이 거니는
바닷가 모래사장
짠 물거품에 씻기는
빈 소주병

그리움의 달빛만 채워가며
파도의 휘파람 꺾어
파도와 함께 운다

빈 소주병
윙~윙
밤바다를 사르고 있다.

나그네가 남기고 간
빈 가슴
울고 있다.

장미로 태어나리라
―어머니날에 부쳐(1999년 5월 10일)

허대통

사랑아
시린 발끝으로도
빙판을 걸어왔다.
그 엄청난
파고를 헤치며
암벽을 기어오르던
파도야
파도야

언제나
눈에 노을져 내리는
슬픈 가슴으로
으슬대는 갈대 소리와
조개들의 전설 되어
남을지라도
쓸쓸한 모래성 등대 되어
갈매기들을 지키고 싶었지.

사랑아
봄을 숨쉬는 새순처럼
얼음산 깊이 묻혀 있어도
무섭지 않았다.
더더욱 두려워하지 않음은

내일의 꿈나무
심어
가지 나고 자라나
탐스런 열매로 피어나기를

사랑아
슬픔은 슬픔으로 잠재우고
내일의 새벽을 열자.
쓰린 눈물도
산 개울물 되어
사슴들의 목을
적셔 왔다.

머지 않으리
바람이 찾아오는 날
얼었든 마음 바다에
봄이 싹터 오는 날
한 송이
장미로 피어나리라.
향기 짙은…….

RED 강엔
—피에르 트뤼도 전 수상이 레드 강에서 카누 젓던 마음을 연상하며

허대통

해 밭의 단풍잎
타는 RED 강에

카누 물살 가르던
침묵의 고뇌

그리움 그리워
물살 차던 노 깃

방향 찾아
꿈을 찾아

노 휘어잡고
꿈을 젓던

이젠, 석양 언덕을 헤집는
귀뚤귀뚤 낙엽 삭여가리

철새의 언어
가득 고여오는

침묵의 메아리만 헤집고 있겠지
RED 강엔

오월의 노래

허대통

개나리 노란 입술
푸른 귀로 싹틔워 놓고

햇살의 붉은 혀가
그대 눈빛으로 부서오면

풀잎에
맺히는 이슬도
등불 하나씩 켜든다

풀잎을 밝고 서면
푸른 음성 무성하고

계곡, 물소리가 맑아
산새도 높이 날아와

가슴속
접혔던 날개도
노래되어 퍼진다.

흙에서 봄은

허대통

뒤뜰에 나갔었다
부르는 소리 있어
흙에서

납덩이 밀쳐 내는 두근거림
젖가슴 솟아나고 있었다

뜰엔, 바람옷 스며 나오는
개울 노래가
겨울옷을 벗기고 있었고

햇살 낚는
어린 기지개들
흙의 품에서 재롱떨고 있었다

겨울 뒷문 열고 서면
하늘 나는 설레임

송이송이 안개꽃
펼쳐내는 그리움
나비 되어 날아온다

흙, 모닥불 짙피워
혼들 일깨우는 봄

솟아나오고 있었다
흙에서

여름의 축제
—블루어 단오행사에 부쳐

허대통

꽃의 언어로 피어난 향기는
초여름의 깃발
높은 하늘에 펄럭인다
토론토에 뿌린
무궁화 진달래 씨앗
가슴앓이로
한 알 한 알 싹 틔워온
블루어 한인타운
우리들의 고향

오늘 자랑스러운
우리의 문패 달아놓고
가슴을 피고 어깨를 펴고
달맞이로 출렁이고 있구나.
손에 손을 잡고
1.5세와 2세들

꽃
꽃으로 피어오르는
단오절은
한국인의 날
한국인의 자랑

산새가 운다

허대통

장미의 붉은 향기
산들바람 앞세우고
산 마을 저어 가면

머―얼―리―서
　　　저―머―얼―리―서

산 마을 부른 마음
산새가 운다.

도시를 바라보며

허대통

언덕이어라
배더스트와 세인트 클레어
열려 나오는 온타리오 호수
도시는 그곳으로 걷고 있다

언젠가 거닐던
하늘 치솟은 종탑 웨스턴 병원
고개 들어 숨쉬고 있고나

15년, 떠나버린 바람도
이곳에 오르면
그리움 솟아오르는 물새들처럼
흐르는 구름 사이사이
날아오는 햇살
발자국 소리 들린다

지나친 잿빛 하늘 같이 흐르던
일상의 언덕 서로 부비며
그림처럼 날리던 웃음들
오늘도 들려나와
도시에 감긴다.

1996

새 천년에는

허대통

바람도
맑은 하늘
마음 한 장 펴놓고

밤이면 달빛 속에
낙엽으로 구르던 마음

천년의
새맑은 아침
희망으로 밝아온다.

어둠도 갈대숲
사이사이로
수런수런 빠져나간

그리움도 발 맞춰서
펜 끝마다 돌아오고

닫혔던
마음과 마음
사랑으로 열려온다.

오라!
새 천년의 아침이여
참 사랑이여

고향으로 가는 길

변해수

인천공항에 도착했습니다. 세계에서 제일 좋은 공항 중에 하나라는 공항으로 들어서며 가슴이 벅차올랐습니다.

"근사하지?"

나는 공연히 우쭐해져서 딸아이에게 큰 소리로 말을 건넸습니다. 이 땅에서 태어나 갓 돌을 넘기고 내 등에 업혀 한국을 떠났던 딸이 이제는 두 아이의 엄마로 한국에 오는 것입니다.

"토론토공항이랑 비슷한데……."

토론토공항보다 낫다는 것인지, 못하다는 것인지 슬쩍 넘겨버리는 딸에게서 캐나다가 그녀의 고향이라는 걸 넘겨다보았습니다.

갑자기 자신의 언어를 잃고 어리둥절하는 외국인들을 보면서 나는 한층 우쭐해졌습니다. 한국이 잘 살고 있는 것이 마치 내 친정이 잘 살고 있는 것처럼 든든해졌습니다. 한국이 잘 사는 것이 내게 큰 덕이 되는 것은 아니지만 비벼댈 언덕처럼 든든한 느낌이었습니다. 오랜만에 모국어를 찾은 나는 제 물을 만난 물고기처럼 사람들 사이를 헤엄쳐 갔습니다.

변해수

• 고려대학교 정치외교학과 졸업
• 국회사무처
• 캐나다 이주(1974)
• 캐나다 한인문인협회 회원
• 한국문인협회 회원
• 국제펜클럽 회원(캐나다)
• 이토비코 한국학교 교장
• Neilson Park creative center Member

“엄마 이번 휴가에는 아이들 데리고 한국에 갈 거야.”

“더 가깝고 좋은 곳도 많은데 왜 한국이야?”

처음에는 딸이 휴가를 내어 두 살, 네 살의 어린 두 아들을 데리고 한국에 가고 싶다고 했을 때는 의아했습니다. 허구 많은 관광지 중에 왜 하필이면 그 멀고 비행기 요금도 비싼 한국일까? 더 가깝고 더 좋은 관광지가 얼마나 많은데 더구나 혼자서 두 아이와 그 먼 여행을 하겠다니 사서 하는 고생같아 이해가 가지 않았습니다.

“여비도 더 많이 들고 멀 텐데?”

“엄마, 한국에 가서 아이들 증조할머니도 만나 보고, 이모들도 보고 큰엄마 편찮으시니까 큰 엄마도 보고 싶어요. 그리고 아이들한테 한국도 보여주고 친척들도 만나고 싶어요. 그게 제일 좋은 여행 아니에요?”

나는 생각지도 못했던 딸의 대답에 내 가슴이 뜨끔했습니다. 시간과 돈을 저울질하면서 싸고, 좋고, 세일을 하는 곳으로 황금 같은 휴가를 보내지 않는 딸이 어리석다고 생각했는데 나보다 더 깊은 배려로 휴가를 보내려 하는 생각에 내가 부끄러워졌습니다. 할 말을 잊은 나는 미련했던 내 마음의 보상이라도 하려는 듯이 딸을 도와 한국으로 동행하기로 했습니다.

그 순간 왜 나는 〈동물의 왕 엘자〉가 생각나는지 모릅니다. 동물의 왕인 사자 엘자가 사람의 손에 자라다가 야생으로 돌려보내집니다. 처음에는 야생에 적응을 잘 못해 다시 돌아오곤 하다가 시간이 감에 따라 정글에 적응을 하며 살아갑니다. 어느 날 사람 손에 자라던 그 사자가 새끼 두 마리를 데리고 제가 자라던 집으로 돌아옵니다. 옛 정을 잊지 못하고 가족으로 돌아오는 그네들의 모습에 눈물을 흘리며 감동을 하던 그 장면이 떠올랐습니다. 그때보다 더 진한 감동으로 내 가슴은 벅차올랐습니다.

“그래 한국에 가자.”

“혼자서 두 아이를 데리고 가기 힘드니 같이 가자.”

결국 딸의 모국 방문에 우리 부부까지 합류하게 되어 가족 다섯 명이 한국 방문을 서두르게 되었습니다.

30여 년 전 나는 한국에 다시는 돌아오지 못할 줄로 알고 지금의 손자보다 더 어린 딸아이를 업고 유산상속도 포기한 채 한국을 떠났습니다.

기저귀를 차고 말도 못하던 어린아이가 두 아이의 어미가 되어서 모국으로 돌아간다니 덩달아 나는 목이 메는 감회로 한국행 비행기를 탈 때까지 내 마음은 비눗방울처럼 한국으로 캐나다로 둥둥 떠다녔습니다.

원 제나레이숀, 30년간의 변화가 비디오처럼 빠르게 내 기억 속을 휘졌고 지나갑니다.

한 세대는 한국에서 살았고 또 한 세대는 캐나다에서, 그리고 명이 길어 또 한 세대를 산다면 어떤 상황이 펼쳐질까?

삼십여 년 전 나는 권력의 무심함이 싫어서 한국을 등지고 싶었습니다.

질서와 평등이 있는 곳, 그런 곳이 어디에 있을까만은 그래도 그곳에 가까운 곳으로 가기로 했습니다.

'국력이 재력이다. 국민의 총화로 단결하자.' 정부종합청사에 펄럭이던 구호가 아직도 눈앞에 생생한데, 인천공항에 들어설 때 '인천공항이 세계에서 서비스가 제일 좋은 공항이다' 라는 팻말이 격세지감으로 다가왔습니다.

이제는 캐나다에서 살아온 세월이 한국에서 살아온 세월보다 더 많아지는데 아직도 캐나다가 내 나라로 다가오지 못하는 것은 오리가 알에서 깨어날 때 가장 먼저 본 것이 어미로 입력되듯이 사람도 처음에 보고 느낀 것이 어미로, 고향으로 사람의 몸속에 영혼으로 이입되는가 봅니다.

두 살, 네 살, 아직은 어리지만 5세 전의 어린이들의 언어습득능력이 제일 왕성한 나이에 첫 번째 여행으로 한국으로, 가족의 품으로 돌아왔다는 것은 얼마나 자랑스러운 일인가!

한국에는 배롱나무꽃(목백일홍)이 활짝 피었습니다.

꽃향기가 가슴에 젖어드는 배롱나무 숲길을 거닐며 나무만큼이나 세월이 변했어도 고향으로 가는 길은 여전히 꽃길이었습니다.

국제결혼(Intermarriage)

변해수

마음이 허전해질 때면 서가를 서성거린다. 무슨 책을 읽으면 마음이 채워질까? 영어책을 읽을까? 한국책을 읽을까?

책방에 가면 당장 읽을 것처럼 욕심내어 사놓고도 읽지 못한 책들이 즐비하다. 그중에 낡은 책이 보인다. 얼마나 오래 되었을까?

표지색이 변해서 글자도 희미한 책 한 권이 눈에 들어온다.

그 책을 뽑아 들었다. 마치 소가 욕심껏 풀을 뜯어 먹고 느긋하게 앉아서 먹었던 음식을 되새김질하듯 새로 사온 책들보다는 옛날에 읽었던 책을 다시 집어 들게 된다.

펄벅 여사가 쓴 『북경서 온 편지』라는 책이다.

이 책은 펄벅 여사의 대표작도 아니고 노벨문학상을 받은 책도 아니지만, 나는 이 책이 좋다.

책은 작품내용이 좋아야 하는 것은 기본이지만 책의 내용이 나와의 공감대 형성이 크게 와 닿을 때 그 작품이 좋아진다.

어쩌다 이 책이 이민 짐에까지 실려와서 몇 번을 읽었다. 음식을 추억으로 먹듯이 책도 추억으로 뽑아 들었는지도 모른다.

이 책을 보면 대학교 입학하던 때에 기억이 새롭게 떠오른다.

미국 유학을 끝내고 막 돌아온 젊은 교수가 영강을 맡았다. 그 교수는 미국에서 유학을 오래했는지 한국어보다는 영어에 익숙해져 있었다. 강의를 시작하던 날 몇 권의 책을 골라서 추천했는데 그중에서 『거신의 추락』과 『북경서 온 편지』을 골랐다. 이 책이 더 읽기 쉬울까? 저 책이 재미있을까?

나름대로 저울질을 하다가 결국은 『북경서 온 편지』를 선택했다. 이 책을 읽고 학기말 시험 때 영어로 에세이를 쓰는 것으로 시험을 대신했다. 영어로 에세이를 어떻게 쓰는지도 잘 몰라서 고생을 무척했던 기억을 잊을 수가 없다.

낡은 책을 집어 들고 한동안 지난날을 되새김질을 하듯 회억에 잠겼다. 마음의 창고 속에 잠들어 있던 영상들이 영사기로 돌리는 영화보다 더 빠르게 돌아간다. 다시 이 책을 펼쳐 들고 읽기 시작했다.

"Whatever I do now, remember that it is you I love.
If you never receive a letter from me again know that in my heart
I write you every day."
(내가 무엇을 하고 있든 내가 사랑하는 사람은 당신이라는 것을 믿어주오. 당신이 앞으로 내 편지를 다시는 받지 못하는 일이 있더라도, 나는 매일 마음속으로 당신에게 편지를 쓰고 있다는 것을 알아주오.)

얼마나 간절하고 안타까운 사랑의 고백일까? 첫 장에서 읽은 이 구절이 이 책을 끝까지 읽을 수 있는 관심을 끌었다.

미국 버몬트 태생의 백인인 에리자벧과 미국인과 중국계 어머니에서 태어난 제랄드는 하바드 대학에서 캠퍼스 커플로 국제결혼을 하게 된다.

그리고 제럴드는 중국으로 다시 돌아가 북경대학 총장으로 일하게 되고 제럴드를 사랑하는 에리자벧은 남편을 따라서 북경으로 가게 된다.

꿈과 같이 행복한 결혼생활을 질투라도 하듯 전쟁이 시작되고 엘리자벧과 그네들의 아들 레니는 전쟁을 피해 친정인 버몬트로 돌아가고 제랄드는 대학교 책임자로 북경에 남게 된다.

엘리자벧의 고향인 버몬트에서 엘리자벧은 남편을 기다리며 혼자서 아들 레니를 데리고 시아버지를 모시며 살아간다. 제2차 대전 중 제랄드는 사랑하는 아내와 아들이 살고 있는 곳으로 오려고 북경을 탈출하다가 사살된다. 백인 할아버지와 중국 여인인 할머니 사이에서 태어난 혼혈인 제 랄드와 백인인 엘리자벧 사이에서 태어난 레니가 여름 휴가차 버몬트에서 한여름을 즐기러 온 미국 아가씨를 사랑하나 국제결혼으로 부딪치는 사랑의 아픔과 진실을 다룬 인생 여정의 소설이다.

처음부터 나는 쉽게 책 속으로 빠져들어갔다. 한국에서 이 책을 읽었을 때보다 더 깊게 동화되어 가는 것은 나도 이방인이 되었고 어쩌면 그것이 소설 속의 이야기가 아니라 캐나다에 살고 있는 우리에게도 국제결혼이 언제 어디에서도 일어날 수 있는 우리의 이야기가 될 수 있다는 가능성을 배제할 수 없었기 때문일 게다.

그런데 책의 내용은 하나도 변하지 않았는데 내게 크게 확대되어 다가오는 것은 인종이 다르다는 이유로 아들 레니가 첫 사랑을 잃고 괴로워하며 집을 떠날 때 엘리자벧이 감수해야만 했던 그 상처가 내 가슴에 아픔으로 파고든다.

"Love is not a sweet sugar bowl.

But you, Rennie will not be satisfied with no more than a cup of love. you need a fountain, living and eternal. You must find a deep woman, my son a woman with an overflowing heart. "

(사랑이란 달콤한 솜사탕 같은 것이 아니란다. 내 아들 레니야, 너는 한 컵밖에 안 되는 사랑에 만족할 수는 없단다. 너는 살아 있고 영원히 솟아오르는 샘물 같은 사랑이 필요하단다. 너는 속이 깊은 여자, 사랑이 넘쳐흐르는 마음을 가진 여자를 만나야 한다.)

그냥 흘려버릴 수도 있는 구절이 내게 깊이 다가드는 것은 나도 장성한 자녀들을 가진 모성의 눈이었을 게다.

국제결혼을 경험한 엘리자벧이 자기의 아들이 혼혈인이기 때문에 사랑의

상처를 받을까 봐 주는 걱정스러운 충고는 내 가슴속 깊이 감동을 주었다.

사랑은 국경도 초월할 수 있다고 하지만 민족과 문화와 정서가 다른 연인들의 사랑은 단순한 한줌의 달콤한 sugar bowl이 아니라 생명수 같이 살아 있는 영원한 사랑의 샘이 솟는다면 그랜드캐넌만큼이나 단절되었던 국제결혼의 단애에 다리를 놓은 것 같은 기분이 들었다.

"I couldn't let him marry a girl who merely tolerated his being partly chinese. She must be glad of it. She must be proud of it. She must understand that he is richer for it. As a man and a person. Yes, even as an American."

(나는 레니에게 중국인의 피가 섞였다고 해서 그저 받아들이기단 하는 아가씨하고는 결혼을 시킬 수 없어요. 아가씨는 그걸 자랑으로 삼아야 해요. 레니가 그것으로 인해 한 남성으로서나 한 인간으로—. 그래요, 한 미국인으로서도 더 풍성해졌다는 것을 이해해야 해요.)

엘리자벳이 중국인의 피가 흐른다고 꺼려하는 아가씨의 집에 찾아가서 자기의 의견을 당당하게 펴는 모습이 가슴 아프기도 했지만 장쾌하기도 했다.

인종이나 문화가 같으면 더 좋겠지만, 그 인종과 문화의 갈등마저도 끌어안을 수 있는 넓고 깊은 사랑을 찾을 수 있는 희망이 굳게 걸어 잠그었던 내 편견으로부터 해방될 수 있었다.

엄마가 주는 충고일까 첫사랑의 아픔을 견디고 다시 참된 사랑을 찾은 아들의 결혼을 보면서 엘리자벳이 안도의 한숨을 돌리며 행복해 한다.

캐나다 이민사도 장년의 나이로 들어간다. 세대가 변하고 문화가 달라진 세상에 단일민족을 주장하는 것은 고루한 생각인지도 모른다. 옆집에 누구도 서양 며느리를 보았고 뒷집의 아무개의 딸도 서양 남자와 결혼을 한다.

처음에는 부모들이 국제결혼에 당황하고 거부 반응을 보이겠지만 이제는 부모들도 막을 수가 없는 대세이기도 하다.

진정한 사랑이란 인종이 다르고 문화와 풍습이 달라도 서로의 다름마저 깊이 이해하며 그 다름과 부족함과 슬픔과 컴플렉스까지 받아들여질 때 채워지는 영혼의 모음이다. 입에서 살살 녹아버리는 달콤한 솜사탕 같은 사랑이 아니라 옹달샘처럼 영원히 솟아오를 수 있는 사랑이라면 국제결혼 인들 어떠하리. 사랑이 무엇인지, 사랑을 조건으로 모든 것을 감수하며 나누는 사랑은 행복의 첩경이다.

짝사랑

변해수

대학교로 하나 둘 떠났던 아이들이 졸업을 하면 다시 집으로 돌아오길 기다렸다. 그런데 졸업을 하고 취직을 하고는 철새처럼 우리 곁을 떠나갔다. 세포분열을 하듯 한 가족이 네 집 살림살이로 늘었다.

분가를 하듯 미국으로, 런던으로, 워터루로 보내놓고는 오래만에 둘이서 마주하는 식탁은 썰렁하기만 하다. 집안이 텅 빈 것도 같기도 하고, 아니, 더 넓어진 것 같기도 하고, 내가 한 말이 에코가 되어서 돌아왔다. 하루해가 어두워지면 굳게 닫힌 문으로 누군가가 "하이, 맘." 하고 들어설 것만 같아, 기다렸다.

"함께 모여 살면 저택에서 살아도 되겠다." 혼자 중얼거려 보지만, 남편은 들은 척도 하지 않는다.

"둘이만 사니까 신접살림 같아 좋지?" 농담인지, 진담인지? 위로의 말 같긴 하지만 채워지지 않는 마음은 텅 빈 항아리 같다.

아이들은 홀로 서기에 신바람이 났고, 우리 둘은 따로 서기에 힘들어 하면서, 세월은 빨리 지나갔다.

둘째아들이 대학교 졸업을 했다. 이때다 싶어 한 녀석이라도 붙잡고 싶어, 아이디어를 냈다.

"집에서 가까운 곳에 취직을 해서 같이 살래?"

"왜?"

“이건 빅 딜이야. 잘 들어 봐. 첫째, 입에 지퍼를 달고 너의 사생활에 일체 간섭을 안 한다. 둘째, 방 렌트는 전적으로 무료이다. 셋째, 식사 제공과 세탁은 공짜다. 그리고 덤으로 컴퓨터와 전화비는 후리다.”

내가 밑지는 딜인 것은 잘 알지만, 내가 걸 수 있는 조건은 모두 다 내걸었다.

“전화비가 많이 나올 텐데?”

귀가 솔깃해졌는지, 괜찮은 딜이라고 생각을 했는지, 나갈 때보다 더 많은 짐을 싸가지고 집으로 돌아왔다. 나는 횡재를 한 빅 딜을 추진한 것처럼 우쭐해져서, 방을 비우고, 들고 들어온 살림을 풀었다.

아침부터 전화벨이 울려대고, 오디오가 신이 나서 쿵쿵 춤을 추었다. 한 사람의 젊은 혈기가 집안 구석구석까지 들썩거렸다. 나는 덩달아 부엌에서 식탁에서 부엌으로 맴돌면서 신이 났다. 무엇을 먹을래? 무엇이 먹고 싶니? 무엇을 해 줄까? 마치 내 언어가 음식인 양, 먹는 타령으로 부엌을 드나들었다.

두 번째 인터뷰를 마치고 입사를 했다. 우리가 사는 집에서 차로 20분 걸리는 가까운 거리다. 첫 출근 날이 되었다. 양복을 입고 넥타이를 매고 출근을 할 줄 알았는데, 진 바지에 티셔츠를 입고 운동화를 신고 나섰다.

“어디 가니?”

“회사에 가요.”

“회사에? 그렇게? 첫째 날인데 첫 단추를 잘 끼어야 하는데—”

기가 막혀 입도 다물지 못하는 나에게 위로를 하듯,

“옷은 캐주얼로 입어도 괜찮아요. 그리고 근무시간도 내가 좋은 시간에 맞춰서 가서 내 할 일만 다하면 돼요.”

첫 출근. 나는 내가 첫 출근을 하던 그날을 기억해 내었다. 미장원에 가서 머리를 정성껏 하고, 제일 좋은 옷을 골라 입고, 새로 맞춘 구두를 신고

갔었다. 하루 종일 긴장을 해서 그랬는지, 아주 긴 하루였다. 변화를 두려워하는 것은 아니지만, 세상은 아주 편하게 그리고 잠자지도 않고 달라져 가고 있다는 사실이 새롭게 다가왔다.

젊은 그의 창을 통해서 내다보는 세상은, 활기차고 신선했을 뿐만 아니라, 어떤 세기보다도 빠른 변화를 흡수하지 않으면, 도태될 것 같은 소용돌이를 볼 수 있었다. 그 속으로 당당하게 뛰어드는 그를 본다. '노병은 죽지 않고 사라져 갈 뿐이다."라던 어느 영화장면이 오버랩되어 온다. 걱정은 기우다. 그 노인처럼 뒤로 물러서야 할 것 같다.

그래도 그를 생각하면, 내 안에 아직도 어리고 작은 아이 같은 건 어찌할까? 며칠 전 친구한테 전화가 왔다.
"너 행복하니?"
"시작도 끝도 없이 무슨 소릴 하냐?"
"전 번에 전화를 했는데, 네 아들이 받더라. 웬일이냐고 하니까, 엄마를 행복하게 해 주려고 함께 살기로 했다는데."

나는 녀석이 나의 빅 딜에 넘어갔는 줄 알았는데, 내 속마음을 들킨 것 같아 당황했지만, 기분이 좋았다. 사랑은 나누는 것이니까.

큰 자켓 주머니에 책을 넣고, 한쪽 어깨에 기타를 둘러메고 나서는 그를 보면, 난 흐뭇하다. 포근하고, 아련하고, 안쓰러워 보듬어 안고 싶다. 자다가도 문소리가 나면 총알처럼 달려나와 떡국을 끓여주면, 싫어도 맛있게 먹어주는 그를 바라보며 좋아하는 나의 모습을 생각하면, 나도 나를 몰라 웃음이 난다.

엄마는 바보. 짝사랑이다. 자식은 영원한 짝사랑.
언제부터인가, 나는 짝사랑에 빠졌다.

사랑의 교훈

변해수

컴퓨터로 강원도 화천에서 열리는 얼음 축제를 보았다.

눈 조각도 멋있고, 눈 위를 달리는 동화 같은 미니기차도 환상적이었다. 하지만 얼음축제를 한다고 얼음을 깨고, 붉은 티를 입은 사람들이 떼로 몰려들어 산천어를 잡는 광경은 눈에 거슬렸다. 물속의 산천어보다 산천어를 잡으려는 사람들이 더 많은 광경은 축제의 분위기보다 저마다의 경쟁의식을 보는 것 같아 보기 좋은 장면은 아니었다.

맑은 물속에서만 사는 산색시 같다는 산천어.

나는 산천어가 좋다. 알을 낳으려고 목숨을 걸고 상류로 오르는 모성본능이 강한 물고기. 저들은 산천어의 모성본능을 한번이라도 생각해 보았을까?

나는 산천어 수난 시대를 바라보며 산천어 씨 말리겠다는 생각에 그런 행사를 벌인 사람들이 달갑지 않게 생각되었다.

물속으로 들어가서 팔을 휘젓는 사람들을 보며, '빨리 달아나라 산천어!' 하는 마음으로 쫓기고 있는 산천어가 잡힐까 마음이 조마조마했다.

얼음을 깨고, 물로 뛰어들어 산천어를 잡는 저들을 보고 있자니 저들처럼 얼음을 깨고 강물 속에 발을 담갔던 기억이, 잊혀진 듯 맨 아래층에 머물고 있던 기억이 스프링처럼 튀어 오른다.

중학교 2학년 겨울이었다.

내가 다녔던 중학교는 작은 강가에 자리 잡고 있었는데, 그 강은 이름이 강이지 여름에 비나 내려야 작은 강이 되고, 물이 줄어드는 겨울에는 돌다리로 건널 개울 정도였다.

　호랑이 할아버지 선생님이 한문을 가르쳤는데, 한문에 관심이 없는 몇몇 학생들이 수업시간에 말썽을 부리다 매를 좀 심하게 맞은 일이 있었다. 그 광경을 목격한 담임선생님은 그 한문 선생님께, 담임인 나와 상의도 않고 아이들을 때린 것은 잘못이라며 한문선생님께 항의를 하며 옥신각신하셨다. 그리고 담임선생님은 어리둥절하고 있는 우리들 모두 데리고 학교 앞 강가로 갔다.

　"내가 벌을 받아야 해, 한문선생님이 매를 드셨으니 담임인 너가 너희들을 잘못 가르친 거다."

　자식을 잘못 가르친 아버지처럼 죄책감으로 중얼거리면서 강물의 얼음을 깨고 신을 벗고, 양말을 벗고, 바지를 둘둘 말아 올리더니 차츰차츰 물속으로 걸어 들어가 무릎까지 물이 닿는 곳에 서 계셨다. 영문을 모르고 따라가던 우리는 멍하니 구경을 하다 한 명, 두 명, 선생님처럼 바지를 걷어 올리고 물속으로 들어섰다.

　아무도 물로 들어서라고 말하지 않았는데 결국은 여학생들까지 모두 강물 속으로 들어가 발을 담그고 서 있었다. 얼마나 지났을까 얼음물 속에 담긴 발은 그런대로 추위를 참겠는데 물 위를 훑고 가는 강바람이 독사의 혀보다도 더 무섭게 널름거리며 종아리를 스쳐갔다. 바람을 몰고 오는 추위가 칼날 같아 다리가 시리다 따가워졌고 나중에는 불이 나는 것 같기도 하고 멍멍하게 아파왔다. 그래도 아무도 나갈 생각을 하지 않았고, 말도 하지 않고 강물 소리만 찰랑거렸다. 천 년 같았던 시간. 얼마나 지났을까?

　제일 약한 여학생이 흐느끼기 시작했다. 그 눈물을 본 선생님의 눈에서도 눈물이 고이는 것을 나는 보았다.

　"너희들은 나가거라. 벌은 내가 선다."

　그러나 아무도 움직이지 않았다.

　"우리가 왜 이 얼음물 속에 서 있는지 알겠나?"

　"네."

　모두 씩씩하게 대답했다.

"그럼 됐다. 모두 나가자."

선생님은 아무 말도 하지 않았지만 우리는 알고 있었다. 우리의 잘못을, 그리고 그 상황을 어떻게 받아들여야 하는지 나름대로 깨달았던 것이다.

우리 때문에 선생님이 얼음물 속에서 벌을 대신 받으려했던 사랑의 벌.

그해 겨울 풍경은 나의 가슴속에 오래도록 기억되어 내 생의 지표가 되었다.

연대 기합이 아닌 스스로 택했던 연대 기합, 추위와 아픔을 함께 견디어 냈던 연대 감정은 따뜻한 교실로 돌아왔을 때 난로 속 장작이 벌겋게 타오르던 열기처럼 달아올랐다. 사제지간의 믿음도, 급우 사이의 우정도 활활 달아오른 난로의 불길처럼 따뜻하게 함께 타올랐다.

만일 선생님이 우리들을 벌을 주려고 강에 몰아넣었다면 어떻게 되었을까? 우리는 저마다 불평불만과 변명으로 서로 불신의 벽을 만들었을 것이다.

나는 지금 얼음물 속으로 뛰어들어 산천어를 잡고 있는 모습들을 보면서, 그날, 생사를 함께한 전우처럼, 함께 겪은 고통과 참기 힘들었던 경험을 함께 나눈 급우들이 문득 그리워진다. 피붙이를 그리는 정처럼 가슴에 새겨진 선생님도 그리워진다.

그런 스승님이 한 학교에 몇 명만 있어도, 교사가 호통을 쳤다고 경찰을 부르고, 자식이 아비의 돈을 빨리 상속받고 싶어서 살인을 하는 부도덕한 풍토는 생겨나지 않을 것이다.

영어를 잘하기 위해서 혀를 수술하고, 선진국 대열에 나서고 싶어 영어로 교육을 하는 것보다 사람의 도를 아는 인성교육이 아쉬운 요즘이다.

산천어 축제를 하되 고기를 잡고, 먹고 즐기는 것만을 강조할 것이 아니라 잡은 고기를 다시 물에 놔주는 데까지 행사가 이어진다면 그보다 더 좋은 축제는 없을 것이다. 바르게 가르치려고 매를 든 한문선생님과 한문수업을 소홀히 한 제자를 나무라시는 담임선생님의 교육방법의 차이가 어디에 있는가를 새삼 생각해 본다.

크리스마스 캐럴(북치는 소년)

변해수

눈이 내린다.

눈이 내리면 윤무하는 눈송이를 타고 내 상념이 끝나는 데까지 가고 싶은데, 날이 저물어 집에 가려고 서브웨이 입구로 들어서는데 크리스 마스 캐럴이 은은하게 들려온다.

캐럴을 들으니 자성의 시간도 갖지 못한 채 또 한 해가 저물어 가는 아쉬움에 고개를 떨구고 계단을 천천이 내려가는데 〈북치는 소년〉 캐럴이 점점 더 크게 들려온다.

팜팜팜, 내 가슴을 두드리 듯 써브웨이에서 들려오는 멜로디는 음악 감상실에서 듣는 음악보다 더 깊은 감동으로 전해 온다.

퇴근으로 수많은 사람들이 오고 가는 써브웨이 길목에서 어떤 남미인이 드럼통 같은 타악기로 캐럴을 연주하고 있었다.

아기 예수님/라 팜팜팜파
저는 아무것도 가진 것이 없는 어린 소년/라 팜팜팜파
저는 주님께 드릴 선물이 없어요./라 팜팜팜파
주님을 위해서 드럼을 연주해도 될까요?/라 팜팜팜파

마리아님이 고개를 끄덕이었습니다./라 팜팜팜파
저는 주님을 위해 드럼을 연주했습니다./라 팜팜팜파
정성을 다해서 드럼을 연주했습니다./라 팜팜팜파
주님은 나와 내 드럼을 보고 웃으셨습니다./라 팜팜팜파.

캐럴이 끝났다. 너무 빨리 끝나버린 아쉬움에 나는 그 연주자가 벗어놓은 모자 속에 지폐 한 장을 넣으며 그 곡을 한 번 더 연주해 달라고 신청을 했다.

신청곡을 받은 남미 악사는 유난히 하얀 이를 드어내며 웃음으로 고마움을 표시하고 신이 나서 어깨 춤을 추며 다시 그 캐럴을 연주하기 시작했다.

한 번을 더 신청해서 듣고 그래도 그 자리를 떠나지 않고 서 있으니까 이번에는 그 악사가 감정을 넣어 노래까지 부르며 또다시 그 곡을 연주해 주었다. 단 한 명의 청중을 위해서 그는 정성을 다해 목청을 돋우었다. 내가 노래를 신청하지 않았어도 그는 그의 염원을 담아 밤새도록 열창을 하며 음악을 연주했을 거다.

세모에 방황하는 외로운 영혼들을 달래주던 그 멜로디.

내 가슴 깊은 곳으로부터 샘물처럼 솟아오르는 감정이 목줄기를 타고 코를 자극하며 눈으로 솟아오른다. 그 노래를 듣고 있으니 눈물이 난다.

가진 것도 나눌 것도 없는 가난한 내가, 그 어린 소년처럼 용서받고 사랑받고 싶은 마음이 되어서 눈물겹게 내 가슴에 다가오는가 보다.

단조로운 타악기인 북소리가 팜팜팜, 내 가슴을 때린다.

사랑의 계절에 나눌 것이 없는 내 가난한 마음이 팜팜팜, 매를 맞는다.

북도 두두리지 못하는 가난한 내 정성이 팜팜팜, 팜팜팜, 아프게 매를 맞는다.

내 모든 잘못을 고백도 못하는 양심이 팜팜팜, 팜팜팜, 팜팜팜, 아프게 아프게 매를 맞는 것 같다. 그래도 주님은 어린 소년의 갸륵한 정성을 흐뭇한 선물로 받아들이시듯 나의 모든 잘못도 용서해 주실 거라는 깊은 사랑에 눈물이 흐른다.

눈물, 그건 슬픔만은 아니다.

눈물은 어떤 말이나 글로 풀어낼 수 없는 순수한 감동의 흐름이다.

아직도 눈이 내리고 눈처럼 가벼워진 내 영혼이 춤을 추듯 바람을 타고 하늘을 오른다.

매너티(manatee)

손정숙

　전설로만 있는 동물인 줄 알았다. 오랜 항해 끝에 지친 뱃사람들을 헛갈리게 하였다는 '인어'는 그러나 사실이었다.

　기대와는 달리 연초의 플로리다엔 바람이 억세고 추운 이상기온이 계속되었다. 멕시코만을 낀 플로리다의 북동 연안에 자리한 호모사싸 주립 야생생태보호공원(The Homosassa National Wildlife Park)에서 새들과, 동식물들과, 어족들을 두루 관찰하면서 세상에 이렇게 많은 생물이 우리와 함께 살고 있는 데에 놀랐다.

　분명 사람만이 주인이 아닌데 우리 마음대로 훼손한 자연환경 때문에 멸종 위기에 처하게 된 한 신비한 포유동물을 찾아 광활한 공원의 끝 바닷가 늪지까지 힘겹게 걸어갔다. 그러나 수중 관망실의 유리창을 통해 처음 만나게 된 매너티는 충격적이었다. 1불짜리 동전 두 개를 콕 박아놓은 것 같은 눈과 아주 작아서 보이지도 않는 귓구멍, 뭉툭하니 튀어져 나온 콧구멍엔 뚜껑까지 달려 있었다.

손정숙

• 이화여자고등학교 졸업, 서울대학교 사범대학 졸업(이학사)
• 서울대학교 문리대 대학원 졸업(이학석사)
• The University of Western Ontario, London Ontario Canada.
• 서울여자대학교 근무
• 캐나다 한인학교협의회 회장 역임
• 캐나다 한인문인협회 회장
• 국제펜, 한국문인협회, 캐나다문인협회 회원
• 수필집 『아니온 듯 다녀가는 길』 외

‘바다소’ 라고 불리는 거대한 포유동물이 시커먼 몸통을 수시로 뒤집으면서 지저분한 수초 사이를 유영하는 모습은 낭만적인 상상과는 너무나 동떨어진 것이었다.

‘매너티(Manatee)’ 는 학명으로 싸이레니안(Sirenian · 해우류)이라 하는데 라틴어로 ‘Siren’ 은 ‘인어(Mermaid)’ 를 뜻하고 ‘매너스(Manus)’ 는 ‘손(Hand)’ 을 의미한다고 한다.

학자들은 수천만(4천만~6천만) 년 전부터 지구상에 서식하여 온 ‘살아 있는 화석’ 이라 한다. 물의 온도가 화씨 72~74도의 열대, 아열대의 낮은 연안, 좁은 물목에서 살고, 하루에 최고 550파운드(250kg)의 풀을 먹어 치워 ‘바다 속의 제초기’ 란 별명도 가지고 있다.

유일한 초식동물이라 경쟁자가 없어 공격을 모르고 움직임은 마냥 느리고 태평하다. 특이한 것은 등에 지느러미가 없고, 양팔같이 달린 앞지느러미엔 5개의 손가락뼈와 그 끝에 5개의 손톱이 붙어 있다. 꼬리 끝은 뭉툭하니 둥글다.

저런 생김새로 어떻게 ‘인어’ 라는 이름을 얻게 되었을까? 1493년 1월 9일 콜럼버스가 3마리의 매너티를 보고 ‘그들의 겉모습은 그리 아름답지 않으나 어느 정도 사람의 얼굴 형상을 하고 있다’ 고 쓴 것이 서방세계에 알려진 시초라고 한다.

그 후 1560년경 포르투갈 탐험가들이 세일론 근해에서 7마리의 매너티를 잡아 정밀검사를 한 결과 여러 면에서 인류와 비슷한 점을 많이 발견하였다고 한다. 다른 포유동물들과는 달리 앞지느러미를 손처럼 놀려 식량을 파내고 입으로 날라다 먹고, 숨 쉴 때는 물 위로 상반신을 세우거나 머리를 내밀기 때문에 해초라도 뒤집어쓰고 나오면 영락없이 사람으로 착각하여 ‘인어’ 라는 이름은 그렇게 얻어진 것이라고 전해진다. 근래에는 모터보트의 스크루에 걸려 찢기고 상하고, 늪지와 해안의 오염으로 해초가 메말라 그 수가 점점 줄어든다고 한다.

동화 속의 ‘인어’ 는 못되지만 사람을 무서워하지 않고 몰려드는 매너티들을 한참 바라보노라니 미욱한 만치 귀엽기도 해서 그들을 넓은 해안에 나가서 보고 싶어졌다. 휘파람 소리 같은 사랑노래를 부르며 암수끼리 서로 볼을 비비고 입맞춤을 하는 그들을 더 가까이에서 보고 싶었다. 까마득한 전설의 기점에서 어떻게 오늘까지 명맥을 이어왔는지 그 휘파람 소리에서 비밀을 찾을 수 있을 것 같기도 했다.

그러나 어찌 알았으랴. 서북쪽에서 불어온 광풍이 이틀 내내 밀물을 몰아내서 배를 띄울 수가 없었다. 막강한 힘의 섭리대로 순응하면서 천천히 사랑하며 살라는 뜻일 것이다.

무거운 책

손정숙

'숲의 도시' 런던을 떠나 '물의 도시' 나이아가라 지역으로 이사하게 되었다. 이 집에 둥지를 틀고 산 지 24년 만의 일이다.

이사를 계획하면서 우리가 들은 조언은 '줄이고 버리라'는 것이 대부분이었다. 마침내 새 집이 타운하우스로 결정되고부터 우리는 본격적으로 버리는 일에 착수하였다. 대충 생각해서 작은 물건들은 쓰레기 수레에 던지고, 옷은 자선단체에, 침대니 책상이니 가재도구는 필요한 사람에게 주어버리면 간단하고 쉽게 마무리될 줄 알았다.

그러나 네 아이들이 결혼하기까지 왕성하게 자라면서 벗어놓은 껍질들로 켜켜이 쌓인 집을 육 분의 일로 줄이는 일은 보통 어려운 일이 아니었다. 필요 없는 것, 안 쓰는 것, 오래된 것을 버려야 한다는 지극히 상식적인 일을 수행하는데 남편과 나는 서로 내놓았다 들여놓았다 승강이를 벌이느라 도무지 진척이 없었다. 당장 쓰지 않고 필요치 않은 것은 아끼느라 포장도 풀지 않은 새것이니 버릴 수 없고 그렇다고 길들고 추억이 담긴 오래된 것들을 선뜻 던져버릴 용기는 더욱 없었기 때문이었다.

그중에서도 어려운 일은 사방에 쌓여 있는 책들이었다. 모교에 상당부분을 기증했는데도 골동품의 가치를 뽐내며 도서실 한 벽을 다 차지하고 있는 값비싼 전문서적들은 그래도 내 손에서 놓아주기가 쉬웠다. 읽고 큰 감명을 받았던 책은 내 손에 잡히는 순간 오히려 다시 읽고 싶은 충동만 더할 뿐이고, 서명날인까지 된 문학서적들은 배신행위 같아서 감히 버릴 생각조차 할 수 없었다.

그러나 우리를 당황하게 만드는 사실들은 그뿐이 아니었다. 처분하기로 작정하고 선심이라도 쓰듯 전화를 걸었는데 '필요 없다' 는 것이었다. 의복은 디자인이 맞지 않아서, 가구나 전자제품은 성능이 뒤떨어지고, 새것도 값싸게 살 수 있는 풍요로운 시대에 유행에 뒤진 것들로 집을 채우고 싶지 않은 것이 숨은 이유였다.

아무도 원치 않는 것들을 위해 지난 일생을 동분서주 헛되이 보낸 것 같은 서글픔이 온몸의 기력을 다 뺏어간 듯 맥이 탁 풀리고 허탈해졌다. 그러나 나에게만 필요한 물건들, 어쩌면 그것들은 나와 운명을 같이해야 될 귀중한 대상이라는데 생각이 미치자 오기라도 부리듯 전부 포장해서 가져오기로 했다. 천천히 즐기면서 버리리라 마음먹었던 것이다.

오늘 아침 쌓여 있는 책들 틈에서 신문을 읽다가 환성이라도 지를 듯 큰 충격을 받았다. 신문엔 '반 고흐' 의 명작 〈파리인들의 소설책〉이 나와 있었다. 당시 파리의 보급판 소설 20여 권을 그린 이 그림은 '반 고흐가 동시대의 문학인들에게 보내는 오미주(Homage · 경의)' 라는 해설이 곁들여져 있었다.

반 고흐는 프랑스 자연주의 소설을 읽으면서 성경에서와 같은 영혼의 위안을 얻었으며 문학은 또한 그에게 바깥세상을 내다보는 창문이자 상상력의 젖줄이라고 스스로 갈파할 만큼 많은 영향을 받았다고 한다. 문학작품엔 작가의 철학이 있고 감성이 있으며 영혼이 살아 움직인다. 그림 속의 책들을 들여다보니 그가 보는 것을 글로 쓰고 싶어졌다.

하얀 눈 까만 눈

손정숙

코끝에 닿는 바람이 스멀스멀 간질여서 이제 완전히 봄이 왔나 했더니 한 밤에 내린 폭설이 온 세상을 하얗게 덮어버렸다. 겨울이 달아나면서 마지막 심술을 부리는 것인지 아니면 겨우내 주고 남은 날씨 찌꺼기들을 한꺼번에 털어대는 것인지 눈이 오다, 비가 오다, 해가 나다가 하루 중에도 수시로 변해서 바람개비처럼 종잡을 수 없는 날씨가 그 후로 벌써 며칠째 계속되고 있었다.

공연히 마음마저 안절부절이라 분명치 못한 날씨를 한껏 탓하는데 전화가 걸려왔다. 마지막 좋은 기회이니 겨울 숲을 보러 가자는 것이었다. 겨울 숲의 새들이 보고 싶었던 나는 추위는 추위로 풀어야 된다며 선뜻 따라나섰다.

미국과 캐나다의 공중엔 거의 8백여 종의 새들이 덮여 있다고 하는데 나는 새들 중 카디날, 핀치가 제일 예쁘다거나 종달새, 부엉이, 딱따구리, 뻐꾹새들을 울음소리로 판별하는 정도 외는 아는 게 별로 없었다. 우리는 암허스트 섬(Amherst Island)으로 향했다.

이 섬은 킹스턴(Kingston) 근처 연안에서 쌩 로렌스 강이 시작되는 초입에 있었다.

배스(Bath)와 섬의 스텔라(Stella) 사이의 페리는 갑자기 추워진 날씨 때문에 두껍게 얼어 은 얼음을 깨고 뱃길을 내야만 했다.

배가 가는대로 커다란 얼음조각들은 뱃전에 탕 탕 부딪치고 밀려난 얼음들은 양옆에 높고 낮은 얼음벽을 쌓고 있었다. 깊고 검푸른 물결 저 밑에 맨몸의 물고기들이 헤엄쳐 다니고 있으리라 생각하니 새삼스레 온몸이 추위로 떨려왔다. 어느 것이 진짜 죽은 건지 가지뿐인 나무숲엔 흰 눈 위에 간간이 사슴 발자국, 새 발자국이 찍혀 있었지만 어디에 가 숨었는지 새는 한 마리도 눈에 띄지 않았다.

앞서 가던 남편이 가만히 새소리 휘파람을 불어 봤다. 그러자 갑자기 날카로운 새소리가 가까이에서 나더니 나뭇가지 사이로 푸드득 푸드득 새들이 날아다니는 날갯짓 소리가 어지러이 들려왔다. 숲 가운데 있는 자연보호 공원까지 계속 따라오더니 드디어 모습을 나타내기 시작한 새 떼들은 시끄러운 노래를 재잘거리며 우리 주위로 몰려들었다.

손바닥에 해바라기 씨를 담아 내밀었다. 한 손아귀에 쏙 들어갈 것 같은 작은 '곤줄박이' (Chickadee)가 용기를 다한 듯 휘익 날아와 앉았다. 까만 눈망울을 대룩거리며 콕콕 씨를 쪼아 먹으면서 여차하면 날아갈 태세였다. 그러더니 하나 둘 날아든 새들은 내 머리 어깨에까지 올라앉았다. 귀여워 머리라도 만지고 싶었지만 꼼짝 못하고 서서 바라보기만 했다.

마지막 페리 시간에 쫓겨 서둘러 돌아서긴 했지만 하얀 눈이 덮인 숲속에서 나를 빤히 올려다보던 새까만 눈망울은 쉽게 지워지지 않았다. 흔히 모자라는 뇌를 새대가리라고 하는데 그때 곤줄박이가 보고 생각한 건 무엇이었을까? 도서관에서 책을 빌려다 놓고 뒤적이다가 나는 전혀 알지 못했던 사실을 알게 되었다.

대부분의 포유동물들은 사물을 흑백으로만 보는데 새들은 색채를 구별하여 볼 수 있고 색깔로 익은 열매를 가려 따먹을 수 있다 한다. 사자나 호랑이 같은 맹수들은 머리는 커도 시(視)감각세포에 색소판이 없어 색채 구분을 못한다고 한다. 감성의 색채를 분별 못하는 동물들은 그래서 잔인하게 다른 동물을 잡아먹을 수 있는 게 아닐까 추측허 봤다.

서로간의 으르렁거림은 사물을 흑백으로만 가려 보려는 옹고집에서 시작될 것이다.

오늘도 해가 나다 눈이 온다. 더 이상 하늘의 섭리에 불평을 말아야지 다짐해 본다.

사랑의 나들이 봄의 크루즈

윤경남

 죠지안 베이 나루터엔 매년 4월 그믐날 아침, 요란하게 기지개를 켜며 봄의 크루즈를 떠나는 하얀 큰 배가 있다. 우리 부부는 이곳에 살면서 그날, 그 배를 꼭 타 보고 싶었는데 첫 해엔 몰라서, 두 번째 해엔 한국방문으로 못 타고, 이번엔 남편이 내 생일을 축하하기 위해 한 달 전에 표를 끊었다.

 행복한 카누, Ms Chi-Cheemaun이라는 귀여운 오지브웨이 인디안 이름이 붙은 이 배는 1930년엔 조그만 통나무배였다. 이제는 오대 호수에서 가장 큰 페리가 돼, 해마다 5월 1일부터 추수감사절까지 부루스 반도 북쪽 끝의 터버머리에서 매너툴린 섬 남쪽 끝에 있는 사우드 베이마우스로 출근하는 사람들과 자동차, 그리고 미국 디트로이트에서 오웬사운드를 항해하는 관광객들을 실어 나른다. 오웬사운드 운송회사가 이끄는 이 배엔 6백여 명의 승객과 백여 대의 자동차를 함께 싣는다. 7,500톤의 이 큰 배는 오웬사운드 미술관이 된 옛날 기차정거장 앞 부두에서 떠나 병풍처럼 둘러쌓인 단층애를 끼고 터버머리를 향해 5시간 항해한 다음 내려준다. 학교버스들이 승객들을 오웬사운드로 다시 데려다 준다.

• 국제펜클럽 한국본부 캐나다지역위원회 회원
• 한국번역가협회 회원
• 역서 『고독』 폴 트루니에, 『꿈꾸는 어른』 폴 트루니에
  『신부님 러시아에 가다』 죠반니노 과레스키
• 저서 『성지의 향기』 한글판, 『The Fragrance of the Holy land』
  영문판, 『포토에세이, 부부의 십계명』 공저, 『노년학을 배
  웁니다』 외 다수

윤경남

갑판에 붙어 있는 작은 방에 옛날 선장 모자를 쓴 부부가 반갑게 맞아준다. 그들은 가톨릭교회의 하루 봉사자들로 커피와 와인, 그리고 그날의 인기종목인 복권을 파는 사람들이다. 그 수입은 어려운 이웃 돕기에 쓰인다. 배를 타고 우리 집 앞을 지날 때엔 묘한 기분이 들었다. 뾰족탑 교회와 숲이 있는 언덕배기 아래 빨간 대문과 작은 창문 세 개를 바라보며, 나들이의 설렘이 일었다.

나이아가라에서 백 리 길이 넘는 부루스 트레일이 죠지안 베이와 만나는 곳에 높게 낮게 길게 누워 있는 나이아가라 절벽. 빙하기 이전브터 나이아가라 강에서 흘러와 화강암과 이판암으로 층층이 쌓인 이 자연의 조각작품은 환상적이다. 그 기암절벽 아래 물가엔 천 년이 넘는다는 레바논의 하얀 삼나무. 높은 절벽 위엔 캐나다 세븐 아티스트의 한 사람인 톰 톰슨이 굵은 붓으로 휘갈겨 그린 듯한 짙푸른 전나무들이 바람 속에 서 있다.

이윽고 터버머리의 유명한 Flower pot이 보이기 시작한다. 이 바위 조각상을 보자 내가 만든 나이아가라 시편 달력이 생각났다.그 달력의 5월 사진이 바로 그 명상에 잠긴 듯한 바위 조각상이기 때문에. 선물하려고 가지고 왔기에 선장을 찾았다.

Flower pot이 든 달력을 받은 아담스 선장은 아주 좋아한다. 코리안 캐나디언이라고 말하자 다시 놀라며, 하노버에 있는 자기 옆집에 가구점을 하는 한국인이 산다고 해서, 위재광 씨 아니냐고 하니까 더 반가워한다. 겨울이면 서로 눈도 치워주는 아주 친한 사이라는 것이다. 그의 아버지도 오대양 항해선의 선장이었고, 삼촌은 우리가 조금 전에 지나온 이 지역의 등대지기였다고 자랑한다.

두 전속 선장의 한 사람인 그는 항해가 없는 겨울엔 북미지역에 잘 알려진 오웬사운드 Georgian College에서 해양과학, 레이다, 선박즈정 등을 가르치는 교수로 일한다.

배가 마지막 항로를 향해 S자로 멋지게 접어들자 부두에선 생선 냄새 대신 향긋한 전나무 냄새가 가까운 숲에서 풍겨온다. 종점인 터버머리 나루

터에 이르자 Chi-cheemaun의 뱃머리가 입을 쫙 벌리고 우리들을 밀어낸다. 마치 성경에서 고래가 요나를 토해내는 형상이었다. 검은 고래가 아닌 거대한 하얀 상어의 모습이었지만. 하긴 요나를 삼킨 바다의 물고기가 검은 고래가 아니라 하얀 백상어라고 주장하는 생물학자도 있다니까… 우리도 요나처럼 저 하얀 상어 같은 뱃속에서 우리 인생의 여정을 되돌아보고 수평선이 하늘과 만나는 그런 사랑을 다시 맛보며 오웬사운드로 돌아가는 버스에 올랐다.

다음엔 이 터버머리에서 정기 운행하는 Ms Chi-cheemaun을 타고, 마니툴린에도 가 보아야지. 8월 시빅 공휴일에 열리는 원주민 예술제, 파우와우 Pow-wow에서 원주민 소리꾼과 춤꾼들과 어울려 소고를 치며 한 마당 끼여 보리라. 그리고 Flower pot 섬에 내려 나이아가라 단층 벼랑에 새겨진 그림들을 다시 한 번 잘 들여다보고 싶다. 그곳엔 북미 인디언 원주민들이 우렛소리와 벼락치는 소리를 지르는 나이아가라 폭포를 잠 재운 태고 적 비밀 의식의 그림들이 수두룩할 터이므로.

사랑은 결심이다

윤경남

우리 외할머님은 서울에서 강원도 두메산골로 시집을 가셨다. 집은 넓어서 하루 종일 종종걸음 해야 하고, 대문 밖엔 비원의 춘당지 같은 큰 연못가에 지은 정자가 돌아갈 줄 모르는 손님인 양 눌러앉아 있었다. 여름이면 아기우산 같이 넓은 녹색 이파리 사이로 얼굴을 내민 진분홍 연꽃들이 황혼 녘엔 더 불타오르는 듯했다. 그런데 그 멋진 정자엔 여름 내내 외할아버님의 손님으로 들끓는다.

할머니는 복날에도 화롯불을 끼고 손님 대접할 음식을 지지고 볶으며 땀을 흘리신다. '아이구 이 웬수야!' 를 연발하시면서. '할머니, 웬수가 누구에요?' '너희 할아버지 말고 누가 있냐?' '그 웬수를 위해 이 복날 두텁떡까지 만드셔요?' '아이고 이 웬수.' '속으론 아이구 내 사랑! 하시면서…'

얼마 전까지도 나는 사랑은 운명이라 생각했다. 만남이 있기에 사랑하고 사랑하기에 결혼하는 이 과정에서 그 만남은 운명이 아니고서야 있을 수 없는 일이기 때문이다. 그러나 그 운명이 마음먹기에 달렸음을 알게 되었다.

한국의 샬롬 노인문화원에서 세계 부부일치운동 프로그램을 계획하고 있을 때였다. 이 운동을 옆에서 도와주신 서강대학교의 신성롱 신부님이 졸업반 학생들을 위한 〈결혼준비교육〉 특강에 우리를 경험부부 강사로 실습하게 해 주셨다.

3커플이 1주일에 22시간, 한 학기에 300시간을 준비해서 3학점짜리 수업을 공동 강의하는 힘든 수업을 아주 진지하게 그리고 참여한 강사들이 더 열기에 휩싸여 인생의 신비를 새삼 체험했다.

우리가 맡은 14개 주제 가운데 가장 마음을 찌른 주제는 '사랑은 결심이다' 였다. 사랑은 우연이 아니라 내 마음속에서 만들어 내고 다양한 과정을 통해 완성하는 필연의 결과란 것. 진정한 사랑은 내 배우자에게 모든 것을 주기로 결심하고 그 결심을 실천하려고 노력하는 것임을 늦게나마 깨닫게 했다.

나의 배우자를 사랑하기로 결심하고 실천할 일을 찾기란 그리 어려운 일이 아니었다. 하루에 한 번만 '당신이 좋아, 당신을 사랑해.' 란 말만 하게 되어도 그 수업은 성공이다. 부부가 서로 이야기를 나누는 일이 많을수록 사랑이 깊어 짐을 알게 된다. 우리도 새롭게 나눈 대화로 34년 동안 앙금으로 남아 있던 오해가 풀렸으므로.

부부 대화 실천의 지름길로 우리는 아침마다 성경읽기를 시작했다. 한 사람이 기쁘게 읽는 동안 한 사람은 깊이 묵상하며 마음의 문을 열고, 그 주제로 대화를 나누며 그리스도의 역사에 동참하는 감동마저 맛보게 되었다.

중요한 행사를 앞두고 마음이 피곤하고 어지럽던 어느 날 아침에 전도서 3장을 읽었다. '사람이 애쓴다고 해서, 이런 일에 무엇을 더 보탤 수 있겠는가? 참으로 하느님은 모든 일이 제 때에 알맞게 일어남을 보여주신다. 과거와 미래를 생각하는 감각과 함께. 이제 나는 깨닫는다.

'기쁘게 사는 것. 살면서 좋은 일을 하는 것. 사람에게 이보다 더 좋은 것이 무엇이랴!' 내가 하려고 하지 말고 하느님께 맡겨야 함을 새삼 느끼면서 울적한 마음이 사라지자, 그 일은 자연스럽게 해결의 실마리를 찾게 되었다.

이번 주 나의 사랑의 실천 계획은, 남편이 출근할 때 한 번만 해 주던 키스를 퇴근할 때도 한 번 더해 주기이다.

이렇게 배우자 사랑을 결심하며 사는 것은, 예수님이 '네 원수를 사랑하라' 하셨기 때문이다. 첫 번째 원수는 먼데 사는 인척이 아니라, 옆에 붙어 사는 내 배우자이기 때문이다. 우리 외할머니의 웬수가 사랑하는 외할아버지였듯이. 우리처럼 서로 '사랑해' 란 말을 할 줄만 아셨어도 그 웬수와 앙앙불락으로 일생을 보내진 않으셨을 텐데, 참 아쉽다.

나물 먹고 물 마시고

정충모

한동안 소란을 떨고 나서야 겨우 출발을 할 수가 있었다. 준비가 되었다 싶으면, 수건을 빠트렸다고 들어가고, 슬리퍼를 빠트렸다고 교대로 드나들어 어수선하기가 벽촌 5일장이다. 철거반 돌격대장처럼 설치다 보니 벽두부터 맥이 빠지고 지쳐버린다. 장소도 정하지 않고, 공휴일을 끼고 피서 한 번 갔다 온다는 것이 급히 서둘다, 이런 법석을 떨게 되었던 것이다. 아들 내외가 아근바근 서로의 탓을 전가하며 '오사와' 쯤 왔을 때다. 시어머니가 며느리한테 확인하듯 묻는다.

"얘야? 불고기는 잘 재워졌고 삼겹살은 상하지 않게 냉동은 잘해 놨겠지?"

"예. 어머니 걱정 하지 마세요?"

시어머니는 걱정이 되었던지 다시 한 번 다짐을 하는 것이었다. 며느리는 잘잘못의 원인 결과를 떠나서 대답 하나는 시원시원하여 말로는 청산유수다.

"네, 어머니." "네, 아버님." 하고. 사근사근하게 비위를 맞추는 바람에

- 한국문협 회원
- 국제펜클럽 회원
- 한·카문협 회원
- 지구문학 회원

정충모

야단을 칠내야 칠 수가 없다. 미리 예측하고 차단하는 임기응변술이 고단수지만 슬기로운 재치에 밉지가 않고, 오히려 대견스럽기만 하다. 처음 시집와서는 라면 하나 제대로 못 끓여 시어머니한테 가끔 야단을 맞았지만, 컴퓨터에서 정보를 얻어, 즉석에서 반찬을 만드는 바람에 시어머니가 야단칠 구실을 잃어 주눅이 들어버린다. 문명의 편리함이 고마우면서도 한편 섬짓한 느낌도 든다.

갑자기 시어미가 무릎을 탁 치며 며느리를 처다본다.

"아이고! 이 일을 어쩌면 좋으냐? 허둥대다 그만 틀니를 가져온다는 걸 깜빡했구나." 하며 좌불안석이다.

"예?"

아들 내외는 일시에 놀라며 벌어진 입을 다물지 못하고 어머니를 바라본다.

여태껏 남편과 티격태격했던 일은 여기에 비하면 빙산이다. 큰애의 작은 눈이 금세 상큼 올라간다. 여기까지 온 시간이 아깝기도 했지만, 이럴 경우 되돌아가기란 선뜻 내키지가 않는 것이다. 더욱이 '오사와' 까지 왔으니 말이다.

입 없으면 잇몸으로 산다고, 한사코 그냥 가자는 어머니의 말을 듣는 둥 마는 둥 아들 내외는 심드렁한 의견이 분분하다. 더욱이 부모를 위하여 가는 건데 한 끼도 아니고 어떻게 2박 3일을 이 없이 음식을 먹을 수가 있단 말이냐고, 큰애의 언성이 한 옥타브 올라갔다. 실은 애들한테 짐만 될 것 같아 내키지는 않았으나, 천둥벌거숭이 같은 손자들이 둘씩 되니, 아이들 치다꺼리라도 하려고, 따라나섰던 것이 오히려 짐만 된 꼴이 된 것이다.

이쯤 되면 가부장의 알량한 권위가 버럭 소리부터 질러대는 것이 전례였는데, 모처럼만에 가는 여행에 초칠 수가 없어 할아버지는 꾹 참는 것이다. 아니 오늘만큼은 측은한 생각이 든다. 다른 물건도 아니고 틀니라는 개념은 한 집안을 버텨온 녹슨 계급장의 증표라고 생각하니, 할아버지도 책임감과 측은한 감정이 앞섰던 것이다.

아들 내외가 마음을 고쳐먹고 집으로 방향을 잡은 것은 몇 번 더 갈등의 절차를 격은 후였다. 많은 시간을 허비하고 목적지인 프레스 킬 공원(presquile)에 도달하니, 낭패가 또 기다리고 있었다. 피서철이라서. 민박집이 없다는 것이다. 짧은 시간에 우리 생각만 한 당연한 결과였다. 수소문은 허사였다. 다행이 아들 내외들이 전에 마련한 천막이 있어 저의 식구들은 거기서 자고, 우리는 차 안에서 잘 수가 있었다.

다행이라고 한숨 놓지만, 왠지 쫓겨난 기분이 든다. 옛날 대가족 시대가 떠오른다. 자식들이 장성하여 장가를 들고, 세간을 내버리면, 모든 경제권이 장손한테로 넘어간다. 그 뒤부터는 노부부는 사랑방으로 퇴출되어 쓸쓸한 황혼기에 접어든다. 조금은 서운한 마음에 엉뚱한 곳으로 생각이 들다가도, '이것도' 다 문명의 혜택인데 '웬 투정이냐고' 자문하며 이내 행복한 쪽으로 마음을 돌린다. 나물 먹고 물 마시고 차 안에 누어 창밖을 바라보니 하늘에는 별들이 보석처럼 깔려 있다. 노부부 살림살이가 이 정도면 과분한데 여기서 더 무엇을 바라겠는가. 욕심이지.

망년회의 각설이판

정충모

　현란하게 돌아가는 영롱한 전등 아래 낡은 앰프 음향은 갈가리 찢기며 창살 사이로 세찬 바람소리인 양 자지러지는 고막을 쑤셔댄다. 그것은 마치 문창호지 사이로 들어오는 바람소리와 같았다. 서너 평 남짓한 지하실 구석에서 풍기는 쾌쾌한 냄새조차도 콧속을 사정없이 간질인다. 한국 노래방 분위기에 한참 못 미치지만, 그런 분위기에 젖어 고국의 향수와 애한을 달래는 것이 초기 이민자들의 낙이었다.

　우리는 정기적으로 한 달에 한 번씩 모인다. 4~5명은 언제나 한결같이 모이는데, 그 외에 몇 사람들은 오다 안 오다 하여 관심밖의 분들이다. 벌써부터 마담은 요염한 차림으로 우리들을 기다리고 있다. 잠시 사무적인 인사가 끝나자마자, 마담을 사이에 두고 얕은 음담패설이 이어진다. 그런 속에서도 우리들은 무슨 잘못이나 저지른 것처럼 멋쩍어 하며 천연덕스럽게 허허댄다.

　어느새 마담은 마이크 장치하느라 정신이 없다. 한쪽 치마를 사뿐히 감아지고 땡강땡강 '히프'를 흔들며 걷는 자태는 영락없는 조선시대 기생을 닮은 듯 요염하다. 마담의 눈은 연신 김형 쪽으로 흐른다. 김형은 노래도 잘 부르지만 넓은 도량, 호협함. 무엇 하나 버릴 때 없는 남자다운 기풍을 지닌 호걸이다. 술값보다 팁이 더 많아 늘 좌중을 압도했고, 주위에 이목을 집중시키는 것이다. 술집 분위기에 걸맞는 최고의 멋쟁이다. 어느 아가씨가 마다하겠는가, 이런 김형에게 진작부터 마담의 마음은 계산되어 있으리라……

속주머니 묻어둔 구렁이 알 같은 돈을 헤어 보곤 계산하는 나의 옹색한 마음과는 비교가 안 되는 풍류를 아는 장부다. 이런 멋쟁이도 화살을 맞는다. 술집을 벗어난데서 따른 헤프다는 씀씀이다.

그러나 아무렴 어떠하랴, 인생무상 공수래에 공수건데, 젊어서 벌어놓은 돈 좀 쓰기로서니 재산 축나는 것도 아니고, 김형의 장부다움을 존경해 마지않는다.

또 한 분의 김 선생, 그의 별명은 백구두 신사다. 〈고향이 좋아〉를 멋들어지게 부르면 김상진이 울고 갈 정도로 잘 부른다. 폼 역시 일품이라 맹견이 한쪽 다리를 들고 실례를 하는 형국이다. 웃음을 참지 못해 화장실에서 쿡쿡거리다, 바짓가랑이가 젖는 것도 모르고 나오니 마담 왈. "어머. 정 사장님, 고개 숙인 남자네요?" 순간 장내는 박장대소로 떠나갈 듯하였다. "이러지들 마쇼, 이래봬도 집에서는 변강쇠로 통한다오. 나는 어색함을 참느라 몽롱한 속에서도 영감처럼 흐흐대었다.

두꺼비 파리 잡듯 술만 삼키는 나에게도 노래 차례가 왔다. 이 순간은 차라리 고문이다. 불러 봐야 여우에게 속아 입에 물었던 생선토막이 떨어지는 줄도 모르고 나뭇가지에서 처량하게 까옥거리는 까마귀 소리만도 못한 노래를 죽자 살자 듣겠다고 아우성들이다. 안 부를 재간이 있는가? 작심하고 옛날에 부르던 '팝송'을 되는대로 불렀더니 아는지 모르는지, 눈들을 끔벅거리다, 이내 박수가 요란하다.

원래 청중이란 미련해 한 사람이 치면 잘난 사람이나, 못난 사람이나 영문도 모르고 의식적으로 따라치게 마련이다. 개선장군이 된 기분으로 어깨와 목을 위아래로 주억거려 본다.

분위기가 고조되고 있을 때 문이 빠끔히 열리며 비릿한 소녀가 조심스럽게 주위를 살피며 들어온다. 마담이 턱으로 장소를 가리키자 배시시 웃으며 숙달된 상기된 표정으로 내 옆에 앉는 것이다. 술이 확 깬다. 직감적으로 유학생이라는 것이 피부에 와 닿는다.

술좌석에서는 잔소리는 주정에 불과하다. 조용히 학생을 복도로 끌고나

와, 20불짜리를 쥐어주며, 이런 좌석엔 안 나왔으면 좋겠다. 아니 이런 데
는 절대로 와서는 안 된다고, 가늘게 노기를 띠고 편잔을 주자 입술을 삐
죽이 내밀며 좌우로 돌리더니 총총히 복도 아래로 사라지고 있었다. 어데
서 무엇을 할 건지, 나의 선입견은 엉뚱한 곳에서 헤매며, 졸지에 죄인이
된 기분이었다.

　김형의 〈베사메무쵸〉로 망년회 각설이판은 서서히 막이 내리고, 마담의
손가락 키스와 동시에 '빠이빠이' 소리가 조용한 밤 정적을 울린다. 이 얼
이 나간 양반들아! 그 돈으로 쌀 사고 갈비 사면 식구들하고 보름 동안 넉
넉히 먹고 살 텐데…… 쯧쯧…… 마담의 혀 차는 소리를 상상하며 집으로
달린다. 얼른 집으로 가자, 자볼기 맞을라.

아침 산책

정충모

새벽잠이 없어 부지런하다는 소리도 듣지만, 반면 궁상을 떤다는 소리도 듣는다. 선천적으로 새벽잠이 없어 3~4 시만 되면 부시럭을 떨어 집사람한테는 귀찮은 존재다. 젊어서는 그런대로 애교로 보아주고 달량한 글을 쓴답시고 이해를 해 주었는데, 요즘에 와서는 노골적으로 내색을 하는데는 미안한 마음이다. 곤히 자는데 좋아할 사람이 누가 있겠는가? 젊었다면야, 여러 가지 방법을 동원해 마음을 풀어줄 수도 있지만 나이가 들어 쓸모없는 골동품으로 전락하니 영 말씀이 아니다. 그럴 때면 거실로 자리를 옮기지만 보금자리 빼앗긴 새 모양 불안전하다. 몸에 밴 습관은 어쩔 수가 없었다. 이때쯤이면 신문을 기다리는 시간이기 때문에 더하다.

짜증이나 뒤척이면 오늘따라 신문이 늦어진다. 괜시리 구시럭거리면 화답이라도 하듯 신문 뭉치 떨어지는 소리가 새벽 정적을 울린다. 그 소리는 고향집 뒤울안 밤나무에서 아람 떨어지는 소리로 들린다. 부리나케 현관문을 열면 신문 배달부는 윤곽도 희미하게 저만치 사라지고 있다. 신문 있는 장소가 일정치가 않아 한번쯤 주위를 주려고 벼르고 있는데 잽싸게 어둠 속으로 도망을 가버리는 것이다.

도대체 어떻게 하기에 신문 놓은 자리가 고르지가 않나, 커튼 사이로 지켜보니 집 앞까지 오기가 꾀가 나는지, 길 건너편에서 잔뜩 웅크리고 왼발을 치켜 올렸다 던지는 것이 영락없는 삼류 투수의 어설픈 폼이다. 그러니 당연히 신문이 제자리를 잃고 엉뚱한 곳으로 흘러가지 않는가? 어이가 없어 피식 웃음이 나온다.

대충 신문을 제목만 훑어보고는 산책을 나선다. 늘 같은 장소고 같은 시간이기 때문에 낯익은 서양인들도 마주치게 된다. 간단한 목례로 친근감을 교환한다. 말 만한 개를 끌고 산책을 나오는 사람들도 더러 눈에 띈다. 동물을 사랑하는 마음이야 동서양이 다를 바 없는데 개에 대한 사랑은 서양 사람들은 별스럽게 유난을 떤다. 나도 개를 길러 본 경험이 있어 좋아하지만, 이슬 밭을 끌고 다닌다. 집엘 들어오면 개 비린내로 집안이 역겨워서 온몸이 스멀거린다. 그 후부터는 개에 대한 애정이 멀어졌다. 문화적 차이는 있지만, 본능적으로 느끼는 것은 동서인은 같을진대, 아전인수격으로 내 생각만 해 본다.

팔등신을 과시하는 서양 아가씨들이 이곳저곳에서 호랑나비 팔랑거리듯 달리고 있다. 각선미를 자랑하는 건지 운동을 하러 온 건지, 조금은 삐뚤어진 생각에 뚱뚱한 입장에서 색안경을 쓰고 본다. 남이야 어떻든 저 잘난 맛에 사는 서양인들의 단면이다.

부잣집 정원에 물을 주느라 분수대에서는 쉴 새 없이 물이 흘러 인도까지 흐른다. 겨울에는 하수구에서 김이 무럭무럭 피어오른다. 피 같은 혈세가 이렇게 헛되게 낭비가 된다는 생각을 하니, 공연히 부자들이 미워진다. 평등을 원칙으로 내세우는 캐나다 정부의 모순점과 빈부의 격차를 부추기는 재벌들의 이중성에 실망스러워진다.

구석구석에 햄버거 콜라 캔 등. 찌꺼기들로 눈살을 찌푸리게 한다. 이민 초기 고국에서 소양교육을 받은대로 제법 깨끗한 체를 하고 치웠는데, 그것이 얼마나 부질없는 짓인지 금방 알 수가 있었다. 나 역시 이민생활 중년에 그들을 닮아가고 있었다. 공중도덕의 무질서는 어느 나라고 마찬가지만, 유독 중국인과 인도인들이 심하고, 우리들도 자랑할 입장이 못 된다. 근거리인데도 차를 타고 오는 사람들이 있는가 하면 담배를 피우는 사람들도 더러 있다. 신선한 아침에 차를 타고 담배를 피우면 아침운동에 무슨 의미가 있겠는가? 오히려 건강이 더 악화될 것 같아 걱정스럽다.

젊은 오빠

정충모

　신문지상에 가끔 오르내리는 노인병 중풍이다, 우울증이다 하는 기사들을 보면 남의 일이 아닌, 곧 내 일이기 때문에 걱정이 앞선다. 나이가 들어가면서 갖가지 운동도 해 보고, 흔하다는 골프도 흉내를 내보기도 하지만, 그저 시지근한 것이 만족한 것이 없다. 자유스런 나라에서 온갖 즐거움을 만끽했기 때문에 더 올라갈 수 없는 꼭대기까지 올라간 데서 생기는 권태기라고 할까? '그래서 인간의 욕망은 끝이 없는가 보다. 복에 겨워 한가한 소리만 하고 있다' 고 탓하시는 독자도 있겠지만 연로하신 분이면 이런 생각은 한번쯤은 하였으리라 생각이 든다.

　일자리에서 물러나 지루한 나날을 보내던 터에 그동안 미루었던 영어를 배운 답시고, 학교를 들어갔다. 막상 들어가 보니 보통 인내를 가지고는 어림도 없다. 체념과 도전의 반신반의는 무겁게 어깨를 짓누른다. 마치 저울추의 오르내림이라 할까, 시시각각 변하는 마음이 나 자신조차도 방향이 잡히지가 않는다.

　몇 번의 테스트 끝에 교무실에서 레벨(level) 8로 지정하여 주었다. 비즈니스를 한 덕분으로 그나마 8반으로 들어갔지만, 도저히 젊은 학생들을 따라갈 수가 없어 7반으로 후퇴하는 불명예를 안았다. 짠밥의 영양으로 그런대로 따라갈 수가 있는데 철자(spelling)를 쓰라는 데는 고역이었다. 나이가 들어 공부하기란 수월하지가 않다는 것이 새삼 실감이 간다. 9월달에 정식으로 입학을 했으면 그럭저럭 소화를 시켰겠지만 4월달에 들어갔다. 7월달에 방학을 하였으니. 머리 끊고 꼬리 자르도 시작한 공부가 제대로 될 턱이 있는가?

진퇴유곡에서 용감하게 level 7로 후퇴를 하였지만, 체면이 말이 아니다. '알성급제' 에 떨어진 것도 아니고, 시시한 남의 말을 배우는데 낙제를 하였는데도 알량한 자존심이 꼬리를 물고 늘어진다. 남의 말을 배우는데 목을 매야 하는 우리의 교육풍토가 원망스럽다. '설살가상' 한국을 2달 동안을 다녀오니 이미 사랑스런 젊은 학생들은 상급반으로 훨훨 날아가 버린 후라, 나 홀로 빈 둥지만 썰렁하게 남아, 선생과 늙은 제자의 재회의 어색한 공기만 교실 안에 풍겨난다.

젊은 학생들은 공부를 하고 온 끝이라서 별 어려움이 없이 소화를 시킨다. 특히 남미 학생들은 영어와 스페인어는 거의 비슷하기 때문에 날로 향상되는데, 유독 한국 학생과 일본 학생들만 뒤틀어진 문법 때문에 헤매는 것이다. 더욱이 아는 단어를 못 쓸 때에 무안한 마음은 나이에 관계없이 부끄러운 건 마찬가지다. 그럴 때 같은 탁자 학생의 도움은 위기 상황에서 탈출시켜 주는 구세주가 된다.

동양 학생들은 선생의 말이라면 다소곳하다. 그러나 남미나. 아프리카 학생들은 다르다. 선생이 잘못하면 그 자리에서 지적을 하고 항의를 하여 오히려 선생을 당혹하게 만든다. 한국적 사고방식으로는 도시 이해할 수 없는 반항이다. 학생들의 꾸밈없이 자기의 주관을 표현하는 것이 부럽다.

서양 학생들은 이름 부르는 것을 좋아한다. 우리 풍습으로는 아무래도 어색하다. 더군다나 조카딸 같은 학생들이 이름을 부르는 것이 귀에 거슬려 며칠을 두고 젊은 오빠 소리를 반복하여 주입시켜 주었더니, 이제는 아예 젊은 오빠로 통한다. 선생까지도 도리 없이 젊은 오빠라고 부른다.

젊은 학생들한테 추하게 보이지 않으려고, 궁리 끝에 착안한 것이 의복의 모양새고, 부차적으로는 물량공세다. 가끔 슈퍼에 가서 커피와 빵도 사주고 때에 따라서는 한국 음식을 좋아하는 학생에게는 식사제공도 하느라, 조금은 거금도 들어가지만 젊은 학생들과 어울리려면, 그만한 선심은 감수해야 했다. 물론 나를 위하여 하는 것이지만 남에게 베푸는 즐거움도 따른다.

 보무도 당당하게 매일 옷을 갈아입고 학교로 행차를 한다. 다누라씨께서 전에 없던 짓을 한다고 뜨악하게 본다. 어허, 이 사람! 아녀자를 돌같이 보는 양반한테 임자답지 않게 웬 투기요? 정경부인의 지조를 지키라며 짐짓 조선 선비의 의관을 갖추지만, 벌룽거리는 코를 슬며시 감춘다.

 "벗님네여! 일편단심 민들레올시다. 엉뚱한 선입견으로 선비의 지조를 재단하지 말지어다."

내가 소설로 가는 이야기

강기영

"하얀 카네이션이란 글을 써낸 놈이 어떤 놈이야?"

조병화 선생님이 교실을 들어서기가 바쁘게 버럭 소리를 질렀다. 선생님은 학생들의 인사를 받는 것도 잊은 듯 손에 들고 온 원고지 묶음을 흔들었다.

"중학교 일 학년에 연애 얘길 쓰는 놈이 다 있더니 이번엔 또 이딴 글을 쓰는 놈이라… 하여튼 너희 같은 놈들은 생전 처음 본다니까."

술통이라는 별명답게 거친 말투였다. 순간, 교실 안은 낮은 술렁임과 함께 아이들의 머리통이 무질서하게 흔들렸다. 뭐? 이 안에 범인이 있어? 아이들은 마치 범인이라도 찾으려는 것처럼 잽싸게 눈망울을 돌렸다. 순간 나는 정수리를 한 대 후려 맞는 느낌이었다. '하얀 카네이션'이라면 지난

- 1944년 황해도 안악 출생
- 서울중고등학교 졸업
- 동국대 수학과, 고려대 생물과, 경희대 치과 중퇴
- 1975년 파라과이 이민, 1982년 캐나다 이민
- 제4회 재외동포문학상(대상)
- 국제펜클럽 한국본부 제1회 해외동포창작문학상
- 국제펜클럽 한국본부 제4회 해외동포창작문학상
- 한국일보 미주본사 제25회 한국문예작품상
- 한국문화예술위원회 선정 문예지게재 우수작품상
- 한국소설가협회 회원
- 국제펜클럽 회원
- 소설 〈넬리〉, 〈난두띠〉, 〈빙하기〉, 〈뽑새〉, 〈어떤 대결〉, 〈그림자로 남은 남자〉, 〈야만, 혹은 야만의 이름으로〉, 〈연어의 길〉, 〈아련한 옛 사랑의 그림자〉 등 발표

강기영

번 작문 시간에 바로 내가 써낸 글이기 때문이었다. 최인호라면 중학교 1학년 주제에 누나의 알몸을 훔쳐보는 연애 얘기를 썼다 해서 발칙한 녀석으로 화제가 되고 있었는데 선생님은 나를 녀석과 비교하고 있었다. 무엇이 잘못되었을까? 대체 무엇이 잘못된 것일까? 아주 짧은 시간인 데도 내 머릿속은 탈곡기에서 낟알이 튕기듯 여러 생각이 오갔다. 그렇지만 무엇이 잘못되었을까는 떠오르지 않았다. 그렇다고 그대로 앉아 있을 수는 없는 노릇이었다. 다리가 후들후들 떨렸다. 조병화 선생님이 누구신가. 잘못 걸린다는 생각만으로도 고추 끝이 쪼라드는 존재였다. 그는 지난 개교기념일에 10년 근속상을 탄 고참 선생님에다, 아주 유명하고도 유명한 시인이었다. 그래 경희대학교에서 교수님으로 모셔 가려는 걸 교장 선생님께서 겨우 말리시는 중이랬다. 명성대로라면 선생님은 신비롭게 올려다보이는 경외의 대상이어야 마땅하겠는데 반대로 두려움의 존재였다. 우선 술통이라는 별명답게 술내가 물씬 풍길 것 같은 벌건 낯빛에서 시인답지 않게 놈, 새끼 같은 욕지거리가 거침없이 흘러 나왔다. 시인이라면 가냘픈 몸짓에 눈은 늘 먼 데 하늘을 향하고 있을 것 같은 선입견을 선생님은 한 방에 무너뜨렸다. 선생님은 숫돌망치 같은 얼굴에다 두 손을 양쪽 주머니에 찌른 후 럭비로 다져진 어깨를 잔뜩 세우면 영락없는 놈팡이 왕초 폼이었다. 선생님은 때로 웃통을 벗어 던지고 럭비 부원들과 함께 뛰기도 했다. 고상한 말투를 기대하는 것도 무리였다. 그랬다고 선생님이 무턱대고 두력을 써서 무서운 건 아니었다. 그는, 똥 폼을 잡으며 아구창을 돌리거나 똥창을 지른다는 표현이 맞을 만큼 유치하게 노는 몇몇 선생님들처럼, 폭력을 쓰는 법은 없었다. 그런데도 중학생은 물론 모자를 삐딱하게 쓰고 다리를 달달 떨며 불량학생 흉내를 내는 고등학교 형들까지도 미리 알아서들 기었다. 한마디로 카리스마였다. 그는 다른 선생님들처럼 단정한 양복차림이 아니라 올이 굵어 부대 같이 보이는 노 타이 홈스펀에 삐딱하게 빵떡도자를 쓰고 입에는 늘 파이프 담배를 물고 다녔다. 운동장뿐 아니라 교실에서까지 구수한 연기를 흘리며 파이프를 빨았다. 선생님이 교실에서 천연덕스럽게 담배를 피우고 있으면 오히려 아이들이 조마조마했다. 또한 담당 과목이 국어 작문이어서 아이들에게 글짓기를 시켜놓고 딴청을 부릴 때가 많은데, 그러면 영락없이 거저 먹는 농땡이였다. 그렇지만 실력을 의심해 슬쩍 떠보려다가 큰 코 다친 적이 있었다. 선생님은 원래 시가 아니라 수학을 전공해서 일제고사를 앞두고는 자습을 시키며 물리나 수학을 가르치기도 했는데, 그 기막힌 실력에 혀들을 내둘렀다. 형들뿐만 아니라 심지어는 교장 선생님까지도 조병화 선생님께는 함부로 대하지 못했다. 우리는 선생님 앞에서 교장이 꼬리를 내리는 걸 직접 목격한 적도 있었다.

"선생님, 교장 선생님 오세요!"

어느 날 모두 글짓기를 하느라 사각거리는 연필 소리만 들리고 있을 때, 어떤 녀석 하나가 갑자기 고함을 질렀다. 우리가 선생님들을 제대로 골려 먹는 재미 중에 하나였다. 점심시간이 지나면 교장 선생님이 수업을 점검하기 위해 복도를 순회하실 때가 있는데, 딴청을 부리던 녀석 하나가 그걸 발견한 모양이었다. 그럴 때면 아이들 앞에서 큰소리를 탕탕 치던 선생님들도 괜히 쪼라 들어 안절부절 못하게 마련이고, 그걸 구경하는 우리들은 고소하기만 했다. 그렇지만 그날의 아이들은 갑작스런 고함 소리만큼이나 조마조마한 가슴을 졸여야 했다. 선생님이 의자에 몸을 반쯤 뉘이고 두 다리를 칡뿌리로 꼬아 교탁 위에 뻗어 올린 채 파이프 담배 연기를 피워 올리고 있었는데, 아무리 조병화라 해도 저건 좀 너무하다 싶은 생각이 들어서였다. 또 그런 폼으로 꾸벅꾸벅 졸다 와장창 소리를 내며 굴러 떨어진 적도 있었다. 그러나 우리들의 우려는 어이없이 무너지고 말았다. 교실을 흘끔 들여다보았으니 못 보았을 리는 만무한데 교장 선생님은 못 본 듯 얼른 시선을 돌린 채 복도를 지나쳤고, 다리를 틀어 올린 조병화 선생님은 까닥도 하지 않고 그대로인 채 아무 일 없다는 듯이 계속 연기를 피워 올리고 있기 때문이었다.

"와, 쎄다!"
아이들은 한꺼번에 낮은 신음 소리를 내며 진심으로 감동했다.

* * *

그런 조병화 선생님이 교실로 들어서기가 무섭게 다짜고짜 '하얀 카네이션' 쓴 놈을 지명하고 나섰으니, 나는 영문도 모른 채 다리만 달달 떨었다. 그랬다고 내가 바로 그 글을 쓴 놈이니 일어나지 않을 수도 없는 노릇이었다. 나는 죄인처럼 일어났다.

"!"

그러자 불호령이 떨어질 것 같던 조금 전의 기세와는 달리 선생님은 말없이 나를 쳐다보기만 했다. 하지만 늘 하시던 대로 '묘한 놈' 이라느니, '너희 같은 새끼들은 생전 처음' 이라니 하는 선생님 특유의 거친 말이 튀어나오지 않는 게 오히려 더 불안했다.

"나와서 한 번 읽어 봐!"

한참 침묵을 지키던 선생님이 나직이 말했다. 의외였다. 나무람만은 아닌 것도 같았다. 그렇지만 지난 시간에 써낸 작문을 나와서 읽으라니……나는 간질병 환자처럼 그 자리에 그대로 쓰러져 발작이라도 ㅎ-며 현재를 모면하고 싶었다. 지난 시간에 써낸 작문의 내용이 너무 창피해서였다. 나무람이건 칭찬이건 그런 게 문제가 아니라 아이들 앞에서 부끄러운 나를 까발려야 할 일이 아득했다.

지난번 시간은 마침 어머니 날을 앞둔 시점이어서 어머니 날을 주제로 글을 쓰는 게 수업 내용이었다. 아이들은 겨우 중학교 2학년이었기 때문에 '나의 어머니는 세상에서 제일 훌륭한 어머니, 나를 위해서는 무슨 희생이라도 다 하십니다. 나는 어머니 은혜에 조금이라도 보답하기 위해 빨간 카네이션을 달아 드리겠습니다' 식의 내용이 일반적이었을 텐데, 나는 그런 걸 쓸 수가 없었다. 어머니가 없기 때문이었다. 어머니는 내가 초등학교 3학년쯤에 돌아가시어 기억마저 가물거렸다. 그러니 어머니, 더구나 아름다운 어머니에 대해서는 글을 쓸 수 있는 게 아무것도 없었다. 어머니에 대한 기억이라면 어두운 골방에서 몸을 뒤척일 때마다 퀴퀴한 냄새에 섞여 흘러 나오던 신음 소리밖에는 없었다. 그 음산한 분위기는 지겹기만 했다. 솔직히 말하면 어머니가 빨리 죽어 없어지기를 바란 적도 없지는 않았다. 그랬던 어머니가 어머니가 죽었을 때는 사뿐사뿐 발걸음이 가벼워지는 기분이었다. 어른들의 눈총만 없다면 두 팔을 쌕쌔기 날개로 만들어 신나게 동네라도 한 바퀴 뛰고 싶은 심정이었다. 그러니 어머니 날이라는 게 있는 것도 그렇고, 그런 제목으로 글짓기를 하라는 선생도 야속했다.

　사람들은 엄마 없는 아이의 가슴에다 왜 그리 못질을 해대는지 모를 일이었다. 신학기가 되어 가정환경 조사서 라는 걸 작성할 때면 나는 어김없이 '어머니 없는 사람' 난에서 손을 들어야 했다. 손을 들면 불볕처럼 쏟아지는 아이들의 시선, 죽을 맛이었다. 그런 서식이 왜 까놓고 필요한 것일까. 교실에서 도난사건이 일어날 때를 대비해 미리 그 용의자를 확보해 두려 함인가. 그런 서식을 만든 사람들은 쥐구멍이라도 찾고 싶을 아이의 심정을 과연, 처지를 바꾸어 한번쯤 생각은 해 보았을까. 그런데 시를 쓰는, 그래서 응당 약자의 편이 되어줄 것 같은 시인 선생님마저 그런 제목으로 글을 쓰라는 걸 보면 그도 역시 엄마 없는 아이의 편은 아니었다. 세상에 내 편은 아무도 없는 것 같았다. 나는 수업시간의 반이 지나도록 빈 원고지에 제목도 쓰지 못한 채 멍청하게 앉아 있었다. 머릿속으로는 쓸쓸한 기억들이 흘러갔다. 이상하게 어머니가 없다 해서 남들의 섣부른 짐작처럼 어머니가 그리웠던 적은 한번도 없었다. 어머니 자체의 기억은 일부러가 아니면 거의 떠오르지 않았다. 또 떠오르더라도 담장 밑에 쓰러져 있는 나무토막처럼 늘 표정이 없어 덤덤할 뿐이었다. 그런데 어머니가 죽고 나자 아이들만이 아니라 어른들까지 나서 어머니를 들먹이며 나를 슬픈 아이로 만들어 갔다. 쟤는 엄마가 없는 아이래. 부모 없는 아이하고 다시는 놀지 마라. 고아들은 언제 나쁜 짓을 할지 모른단다. 아암, 결손가정의 아이들은 뭐가 달라도 다르단다, 버릇도 없고. 등 뒤에서 이런 말들이 때 없이 들려왔다. 나는 춥지 않은 날씨에도 자꾸 추워지는 느낌이었다. 어머니는 없지만 엄연히 아버지랑 가족들이 있는데도 사람들은 나를 고아로 만들어 갔고, 고아는 바로 위험한 아이로 간주되었다. 엄마가 없어 가엾다며 머리를 쓰다듬어 주는 어른들이 아주 없는 건 아니지만 많아 봐야 다섯 명에 한 명 정도나 될까, 말까였다. 나는 추위를 많이 타는 아이처럼 늘 어깨를 움츠리고 다녔다. 나는 나도 모르는 사이에 다른 아이들처럼 신나게 웃거나 까불어서는 안 되는 아이로 움츠러들었다. 그런데 나보다 여섯 살 밑이어서 이제 겨우 초등학교 2학년인 여자 동생 아이에게서도 그런 징조를 보게 되었다.

마루를 구르며 노는 어린것 세상을 모르고 노나―
어려운 시절이 닥쳐오려니 잘 쉬어라 켄터키 옛집―
잘 쉬어라 쉬어, 울지 말고 쉬어라―

어려운 시절이 닥쳐오려니, 어려운 시절이 닥쳐오려니, 어려운 시절이 닥쳐오려니, 어려운 시절이……

동생은 어두운 골방에서 시체처럼 누워 있던 어머니마저 기억하지 못하는 아이였다. 무슨 일인가로 나는 동생의 가방을 뒤질 일이 있었다. 아무도 챙겨주지 않는 동생의 가방 속은 무척이나 어지러웠다. 그 속에서 나는 유독 눈에 띄는 종이 뭉치 하나를 발견했다. 의외로 질이 좋은 흰 종이였는데 한눈에도 일부러 심하게 구겨놓은 게 분명했다. 호기심이 일어 종이 뭉치를 펴기 시작했다. 그러자 부드러운 종이는 조잡하지만 꽃송이의 형상으로 변했다. 하얀 카네이션이었다. 이내 동생이 학교에서 공작 시간을 보내고 있는 교실이 그려졌다. 어머니 날을 위해 아이들이 카네이션 꽃을 만든다. 다른 아이들은 빨간색으로 꽃을 만드는데 어머니가 없는 동생은 하얀 종이가 주어진다. 선생님은 하얀 종이로 카네이션을 만들어야 하는 아이 하나쯤은 대수롭지 않게 생각한다. 어머니가 없는 게 무슨 광고 칠 일이라고 카네이션도 하얀색으로 만들어야 하나. 동생은 아이들의 시선이 모두 자기에게 쏟아지는 것 같아 고개를 들지 못한다. 수업 시간이 끝나기가 바쁘게 동생은 선생님과 아이들의 눈을 피해 꽃을 마구 구겨 가방에 쑤셔 넣는다.

내 머리 속으로는 겨우 여덟 살 난 계집 아이가 꽃을 구겨 가방에 넣고 있는 장면이 직접 목격이라도 한 것처럼 생생하게 확대되며 흘러갔다. 나는 내가 할 일도 잊은 채 아주 한가한 아이처럼 상념에 젖어 있다가 퍼뜩 정신이 들었다. 벌써 글짓기를 끝내고 손가락 끝으로 연필을 돌리며 퇴고를 하는 아이들도 있었다. 에라, 모르겠다! 내가 알 게 뭐냐. 나는 조금 전까지 머릿속으로 흘러가던 동생의 하얀 카네이션 얘기를 쓰기로 마음먹었다. 어쨌든 그것도 어머니와 관계된 얘기이기는 하니까. 혹시 누가 읽는다면 창피야 하겠지만 선생님 말고 또 읽을 사람이 있겠는가. 이미 시간도 급박하고 아무리 머리를 짜 보아야 달리 쓸 소재가 있을 턱도 없었다. 그런데 선생님이 그 쪽 팔리는 얘기를 쓴 걸 아이들 앞에 서서 읽으라신다. 빙 둘러 선 아이들 속에서 옷을 홀랑 벗어 땟국물이 잘잘 흐르는 속내를 드러내야 하는 심정이었다. 갑자기 쨍쨍 내려 쬐는 햇살과 마주쳐 눈이 부시다는 착각이 들었다.

"그리고 니놈들은 모두 이 낯짝을 잘 보아 두거라. 이담에 괴물이 될지도 모르는 놈이니까 말이다."

대체 작살이 날 놈이 누구일까 하던 아이들의 술렁거림이 나에게로 쏠릴 때 선생님의 덧붙이는 말씀이 들렸다.

* * *

어머니가 돌아가신 건 부산 피난살이 시절이었고, 이듬해 우리는 서울로 올라왔다. 아버지는 이북에서 내려온 소위 삼팔따라지여서 서울에는 아무런 연고가 없었다. 그래서 시내에다 터전을 잡지 못하고 전전하다 흘러든 곳이 아리랑 고개 너머 정릉이었다. 말이 좋아 서울이지만 북한산 자락을 등지고 있는 정릉은 산골 중에도 산골이었다. 북한산은 갈비가 등뼈에 박히듯 줄기가 산맥 쪽으로 길게 뻗은 산이어서 험하기도 하려니와 산짐승까지 득시글거렸다. 산토끼에 오소리나 여우쯤은 약과고, 허풍이긴 하겠지만 승냥이와 호랑이까지 보았다는 사람도 여럿이었다. 그래 가축을 기르려면 서까래 같은 통나무를 촘촘히 박아 울을 만들어야 했다. 그렇게 해도 족제비나 살쾡이가 닭을 채가는 건 흔한 일이고, 새벽에 일어나 보면 짐승들이 엉덩이에서 시뻘건 피를 철철 흘리기가 예사였다. 승냥이 짓이라 했다. 울 때문에 짐승을 통째로 먹지는 못하지만 승냥이란 놈은 워낙 음흉스러워서 이쪽에서 툭 쳐 저쪽으로 몰고, 저쪽에서 툭 쳐 이쪽으로 모는 식으로 겁을 주며 짐승을 구석으로 몰아, 엉덩이에서 한 점씩 살점을 뜯어 먹기 때문이었다. 나무를 하러 간 사람이 늦으면 호랑이에게 물려간 것 같아 횃불들을 일렁이며 오밤중에 산을 오를 때도 있었다.

이렇게 한심한 산골인데도 대물림으로 살아온 본토박이들의 텃세는 깡촌놈이 무색하게 완강했다. 우리 같이 하나 둘씩 흘러드는 타향바지들은 무조건 거지 발싸개에 똥 친 막대기 취급이었다. 어른들이 그러다 보니 애새끼들도 덩달아 피란민은 똥개 취급이었다. 우리는 겨우 어느 집 헛청칸을 빌려 방 하나를 들였다. 방이 있어도 식구가 여럿이라는 이유로 우리에겐 온전한 방은 빌려주는 집이 없어서였다. 아버지의 청대 같던 오기도 별수 없었다. 물론 공부가 목적이 아니라 할아버지로부터 자유롭기 위해서였다지만, 아버지는 일본 와세다대학이라는 데서 서양사까지 공부한 지식인이었다. 나는 본 적이 없어 믿기지는 않았지만 아버지의 학비 명목이 다달이 쌀 80가마였다니, 한때 잘 나가는 오렌지족이던 모양이었다. 그렇지만 명색이 농업을 평생 직업으로 가졌던 양반이 논에 모 한 포기 심어 본 적이 없었다. 거기에다 추수를 끝낸 소작인들이 올해는 농사를 잘 지어 먹었으니 명년에도 또 소작을 달라는 뇌물로 떡이나 엿을 만들어 오면 더러운 손으로 주물렀다며 모두 내다 버리게 했다니, 부르주아 중에도 악질 부르주아가 틀림없었다. 그랬으니 한참 신명 오른 빨갱이들이 가만 놓아둘 리 만무했다. 아버지는 오기만 청대 같았지 새새끼나 쥐새끼마저 먹여 살리는 밥도 제대로 먹이지 못했다. 나는 아버지가 다달이 쌀 80가마씩을 들여가며 배웠다는 지식으로 돈을 버는 걸 본 적이 한 번도 없었다. 아니, 딱 한 번 본 적이 있기는 했다. 쌀 배급이 나왔을 때였는데 무슨 일인가로 동네에서 유일하게 한문을 아는 통장이 어딘가를 가고 없었다. 그러자 누렇게 뜬 동네 사람들은 애매한 쌀자루만 비틀어 대며 우왕좌왕이었다. 그때 한문을 제대로 아는 아버지가 나서 대신 이름들을 불러주고 후하게 얻은 쌀되박이었는데, 그게 처음이자 마지막이었다. 우리의 생계수단은 하도 다급해 제대로 고르지도 못한 채 지고 내려왔다는 옷가지를 하나씩 팔아 먹는 일이었다. 그래도 옷가지들은 꽤 고급이었던지 탐을 내는 사람들이 많았다. 아버지는 한숨 끝에 '우리 다 같이 죽자' 라는 말씀을 자주 하셨다. 그런 말을 들은 날 밤이면 나는 기다란 손가락이 목을 조이는 악몽에 시달렸다. 그때, 연탄이라는 게 없었기에 망정이지 있었다면 아버지는 진짜 그렇게 하고도 남으실 양반이었다.

전쟁은 내가 초등학교 2학년으로 갓 올라갔을 때 터졌다. 네가 네 죄를 알렸다! 아버지는 전쟁 전에 북한을 탈출한 양반이었으니 그 죄를 모를 리 없었다. 우리는 3년 이상 학교도 없는 외진 곳으로 피난을 다녔다. 빨갱이에게 잡히면 그게 끝장임을 아는 아버지가 유식함을 앞세워 정감록에서까지 예지해 둔 난세의 비곡, 계룡산 자락으로 숨어들었기 때문이다. 아버지의 유식함은 밥을 벌어 먹을 때보다 그런 곳에서 빛났다. 학교 갈 나이에 학교도 가지 않고 만날 산판으로만 누볐으니 내겐 물 만난 고기요 신나는 달밤이었다. 그랬으니 몇 자 배우기 시작하던 글자가 머리에 남아 있을 턱이 없었다. 그런데도 부산으로 피난지를 옮기자 나이는 먹었다며 대번에 피난민 예배당 학교인 '성경구락부' 3학년에 편입시켜 주었다. 공부가 시작되자 무지막지한 몽둥이로 얻어맞는 기분이었다. 그야말로 까만 건 글자요 하얀 건 종이일 뿐이었다. 아무리 성경구락부라지만 그래도 학교는 학교인지라 선생님마저 고개를 설레설레 가로저었다. 어린 나이에도 자신이 너무 한심했다.

그래도 내가 공부에는 어느 정도 머리가 있었던지 아니면 나이 값을 해서인지, 한글을 깨우치고 나서는 아주 우수한 성적을 내기 시작했다. 나이 값에 눈치가 멀쩡해서였겠지만 나는 글자를 한 자 한 자 깨친 게 아니었다. 한글을 모를 때는 만화책을 보는 아이들 뒤에서 그림을 보아가며 눈치로 때려잡아야 했다. 때로는 옆에서 손가락에 침을 묻혀가며 책장을 넘겨주고 강냉이도 입에 넣어주는 따까리 노릇도 했다. 그래도 아이들이 읽는 내용에다 그림을 맞춰 나가면 한결 재미도 있고 실감도 났다. 밀림의 왕자에서 제가 아저씨가 철민이를 구하러 나타날 때면 짜잔 발가락이 춤을 추었고, 김종래 만화에서는 여자가 귀신인데도 손가락이 슬픈 단소의 선율처럼 아름다워 눈시울이 뜨거워지려고까지 했다. 그런데 어떤 아이들은 글자 좀 아는 것도 벼슬이라고 내게 온갖 '꼬붕노릇'을 다 시키다가도 밸이 꼴리면 동굴 속에서 손전등을 찰칵 꺼버리듯 소리 내어 읽기를 딱 그치고 속으로 읽으며 약을 올렸다. 그것도 꼭 흥미진진한 장면에서였다. 그러면 밝던 세상이 갑자기 암흑으로 변하는 느낌이었다. 그러니 치사하지만 아이들의 비위를 건드릴 수가 없었다. 그게 똥구멍을 핥으라던 또 모르지만 발바닥 정도라면 눈 딱 감고 빨아야 할 판이었다.

그러던 어느 날이었다. 무심코 만화를 들여다보았는데 어떤 일인지 보리

수 밑에서 대오각성하던 부처님처럼 글자들이 한눈에 들어오는 게 아닌가. 글자를 배우려고 노력한 적도 없는데 놀라운 일이었다. 신기해서 다른 책을 읽어 보았더니 마찬가지였다. 언제 까막눈이었냐 싶게 술술 읽혀졌다. 놀랍고 또 놀라운 일이었다. 진작에 기미독립선언문을 알았더라면 '아! 내 앞에 신천지가 전개되도다!' 라는 탄성이 절로 나왔을 것이다. 왜놈의 압박과 설움에서 해방된들 이렇게 기쁠 수가 있을까. 들입다 교과서들을 읽기 시작했다. 아하, 이거였구나! 하, 이거였어! 하나하나 알아가는 재미가 그만이었다. 읽은 걸 또 읽고, 또 읽고 하다 보니 책들이 깡그리 외워졌다. 그러면서 나는 아주 공부를 잘 하는 아이로 변해 갔다. 서울로 올라와 숭덕국민학교 4학년 1반으로 전학하고 나서 반 년쯤 지나면서부터였다. 성적이 갑자기 좋아지니까 혹시 남의 걸 베끼지 않았나 못 미더워 선생님이 고개를 갸우뚱하며 따로 불러다 재시험을 치르게까지 했다. 공부에 재미를 붙이자 차츰 뛰어노는 게 귀찮아졌다. 영양도 부족해서인지 얼굴도 하얘지며 관자놀이에 푸른 실핏줄이 드러나고 힘도 없었다. 노는 시간이면 텅 빈 교실에 남아 창을 통해 밖에서 뛰는 아이들이나 눈 쌓인 북한산을 바라보는 게 일이었다. 나는 조용하게 앉아 있을 뿐, 잘난 체하는 것 같아 공부시간에 손을 드는 법이 없었다. 6학년에 올라가서는 반장에 뽑힌 적이 있지만 아버지께 말씀 드려 며칠 결석을 하며 모면한 적도 있었다. 아버지는 남을 위해서라면 내 손끝에 피 한 방울을 흘려 세상에 평화가 온다 해도 그건 반편들이나 할 짓이라는 식의 사고를 가졌기 때문에, 반장을 마다하기 위한 내 결석을 흔쾌히 승낙하셨다. 왠지 아버지는 개근상을 경멸했다. 그중에서도 시계불알마냥 학교나 왔다 갔다 하며 개근상을 타고도 우등상을 타지 못하는 놈이 세상 제일 머저리였다. 그러니 며칠 결석쯤은 대수가 아니었다.

언제부터인가, 아버지는 학비를 댈 자신이 없어서인지 내 중학교 진학을 사범학교로 정하고 있었다. 나도 그걸 당연하게 받아들였다. 당시 서울사

범대학 병설중학교는 학비가 무료이고 고등학교만 졸업하면 바로 선생이 되었으니, 가난한 아이들에게는 그보다 더 좋은 길이 있을 수가 없었다. 그런데 그 탄탄한 전도를 잘라먹은 게 6학년 담임 선생님이었다. 한마디로 사범학교로 가기에는 내 실력이 너무 아깝다는 거였지만 속내는 나를 일류중학에 합격시켜 자신의 위신을 세우려는 속셈이었다. 제자가 일류중학에 합격하면 그건 선생님이 잘 가르친 공으로 경력에 쌓이기 때문이었다. 아버지 역시 가난뱅이 주제이긴 하지만 그래도 지식인인지라 선생님의 제의가 솔깃한 모양이었다. 선생님의 사탕발림에 쉽게 넘어간 아버지는 당장 눈앞에 큰 희망이 어른거리는 사람처럼 들뜨기 시작했다. 그러면서 경기중학교와 서울중학교를 놓고 저울질하다 순전히 버스를 갈아 타지 않아도 되어 교통비가 절약된다는 이유로 서울을 택했다. 나는 너무 촌놈이기 때문에 경기중학이나 서울중학이 어디에 있고 얼마나 좋은 학교인지를 알 턱이 없었다.

서울중학교에는 우리 학교에서 네 명이 시험을 보러 가 셋은 떨어지고 나 하나만 붙었다. 9회 졸업생이 나오는 동안 내가 첫 합격생이라고 했다.

그런데 서울중학교와 나의 만남은 공교롭게 처음부터 목마름으로 시작되었다. 입학시험을 보러 가던 날 아버지는 나에게 점심값을 넉넉히 쥐어 주었다. 처음 받아 보는 용돈이라 신은 났지만 막상 점심시간이 되자 점심은 어디에서 어떻게 사 먹는지를 알지 못했다. 더구나 서울중학교가 있는 곳은 광화문이 가까운 시내 한복판이었다. 처음에는 함께 시험을 보러 온 친구들이 누나와 엄마가 따라왔으니 나까지 데려가 주려니 했다. 그런데 인심이 야박해서인지 아니면 미처 생각이 돌아가지 못해서인지 나를 버려 두고 저네들끼리만 갔다. 나는 갑자기 배신을 당한 기분이었다. 나만 붙고 니들은 다 떨어져라, 짜식들아! 낙동강 오리 알이 된 나는 속으로 주먹 떡을 먹이고 또 먹였다. 정말로 그 저주처럼 나만 붙고 다른 놈들은 다 떨어지자 나는 오랫동안 죄책감에 시달렸다. 무료하게 점심시간을 보내던 나는 쥐새끼가 조심스레 굴 밖으로 주둥이를 내밀 듯 살금살금 걸어 광화문 네거리까지 가 보았고, 마침내 경기여고 옆 골목에서 호떡을 구워 파는 아주머니를 발견했다. 아무리 촌놈이지만 길바닥에서라면 호떡을 사 먹을 자신이 있었다. 한참 시장끼가 돌던 참이라 얼마든지 먹을 수 있을 것 같았다. 욕심을 부려 한 봉지나 담았다. 저 녀석이 저걸 다 먹으려나? 호떡장사 아주머니가 돈을 받으면서도 의심이 들던지 걱정스럽게 쳐다보았다. 꿀 호떡은 그 이름답게 정말 꿀맛이었다. 나는 다시 수험장으로 돌아가기 위해 길을 걸으며 꾸역꾸역 먹었다. 실컷 먹다 보니 목이 메었다. 물 한 잔 없이 호떡을 목구멍이 찰 때까지 먹었으니 그럴 만도 했다. 더구나 눈발이 날리기도 하는 싸늘한 날씨여서 따뜻한 물 생각은 더욱 간절했다. 그러나 따뜻한 물은커녕, 어디서 찬 물 한 모금 마실 수 있는지도 알 수 없었다. 정릉처럼 개울이 흐르거나 길바닥에 우물이 있으면 두레박으로 퍼 마시겠는데, 어쩐 일인지 시내에는 우물 하나 보이지 않았다. 길가 응달에 녹다 남아 있는 눈이 있어 뭉쳐서 먹어 보려 했지만 먼지가 자금거려 먹을 수가 없었다. 퉤, 퉤 뱉고 그대로 참기로 했다. 오후 수험 시간이 되어서도 갈증은 가시지 않았다. 아니 가시기는커녕, 하도 목이 말라 뱃속에서 먹은 호떡이 그대로 부글부글 부풀어 빵떡이 되어 밀려 올라올 것만 같았다. 수도가 얼어 있어 휴식 시간에도 물은 마실 수 없었다. 그런데도 나는 그런 사정을 누구에게 말해 볼 만큼 숙기 있는 아이가 아니었다. 하도 목이 마르다 보니 나중에는 현기증이 어질거리며 시험지에 글자들이 뱅글거리기만 했다. 너무 목이 마르면 애라도 하나 낳을 엄마처럼 속이 메스꺼워진다는 사실도 그때 처음으로 알았다. 머릿속은 온통 푸른 물이 가득 차서 출렁이고 있을 뿐이었다. 입학시험이고 나발이고 다 귀찮기만 했다. 신기루에 속아 절망하는 대상처럼 다시 물을 마시는 세월은 있을 것 같지 않게 아득했다. 오죽하면 손바닥을 오므려 오줌이라도 조금 받아 마실까 하고 연신 자지 끝을 내려다보니 시험감독관이 웬 수상한 놈이냐 하고 내 주위를 뱅뱅 돌았다. '타는 목마름'이라고 근사하게 말을 지어낸 놈은 나처럼 진짜 목은 말라 보고도 그런 말을 했을까?

그렇지만 합격자를 발표하던 날, 나를 버리고 간 녀석들은 십 리도 못 가서 발병이라도 났던지 다 떨어지고 합격자 명단에는 떠억 하니 내 이름만 붙어 있었다. 합격이었다. 너무 목이 마르던 게 생각나서인지 처음에는 실감이 나지 않았다. 정릉에서는 혼자뿐이었다. 용케 일류중학어 합격했다며 여기저기서 축하를 해 주자 그제서야 우쭐한 마음이 들기 시작했다.

"나무로 말하자면 제대로 심어지긴 했군! 이제부터 잘 자라만 주면 될 텐데……."

잠결에 아버지 말씀이 들렸다. 생전 술 한 잔 못하고 늘 세상 일에 절망적이던 아버지가 들떠 있었다. 술도 몇 잔 마신 것 같았다. 알량한 내 공부가 아버지를 다 기쁘게 해 드리다니, 흐뭇한 일이었다. 나는 잠이 든 척하면서도 속으로는 주먹까지 쥐어가며 중학교에 가서는 더욱 열심히 공부해야지, 제법 다부지게 다짐도 했다. 나도 내가 진짜로 뭐가 되는 줄로 알았다. 하지만 그건 오산이었다.

* * *

서울중학교라는 데는 나 같은 촌놈이 활개를 칠 만큼 녹녹한 곳이 아니었다. 무엇보다 가난뱅이가 설 곳이 없었다. 그들은 태반이 학교 말고 따로 가정교사를 두어 과외공부를 받은 아이들이었다. 대개가 그 귀한 만년필은 물론 손목에 시계를 찼고, 비가 오면 많은 엄마들이 우산을 들고 교문 앞에서 기다렸다. 비가 오든 말든 엄마들은 관심도 없어 저가 알아 빗속을 달리던 정릉에서는 낯선 풍경이었다. 그때는 흔치 않던 자가용이 있다는데 손을 드는 아이도 여럿이었다. 아버지가 상공부 장관이라는 아이도 있고, 국회의원이라는 아이도 있고, 한국일보 사장이라는 아이도 있고, 럭키금성 회장이라는 아이도 있었다. 나처럼 사친회비가 밀려 어깨를 늘

어뜨리고 다니던 아이로선 딴 세상에 와 있었다. 실력들 또한 너무 좋았다. 모두들 초등학교에서 등수를 다투던 아이들이라 그렇기도 하겠지만 따로 과외까지 받아, 참고서 하나 없이 교과서나 달달 외우던 내 실력과는 비교가 되지 않았다. 정릉 아이들과는 비교도 되지 않았다. 특히 영어 과목에서는 야코가 팍팍 죽었다. 알파벳은 이미 과외에서 다 깨우친 걸로 간주하고 처음부터 아예 가르치지도 않았다. 벌써부터 남 보란 듯이 서로 몇마디씩 영어로 자기 소개를 하며 얄밉게 노는 녀석들도 있었다. 그러니 개뿔도 모른 채 어정어정 교실로 들어간 나는 초장부터 바보에 머저리가 될수밖에 없었다. 심지어는 뭣도 모르고 개고기 먹는 얘기를 했다가 그야말로 개망신을 당한 적도 있었다. 정릉에서는 모두 집에서 개들을 길러 잡아먹기에 나는 세상 사람 모두가 다 그러는 줄만 알았다.

중학교 2학년이 되면서 나는 다시 목이 마르는 날이 많아졌다. 꿈에도 사춘기라는 건 찾아왔던 모양이다. 키가 비슷해서 짝이 된 아이는 아버지가 대한농산이라는 아주 큰 회사의 회장님이라 했다. 나는 잘못하면 깨어지는 도자기를 옆에 두고 있는 것 같아 큰 부담이었다. 그 아이는 부잣집 아이답게 깔끔하고 깨끗하기가 이루 말할 수 없었다. 고급 비누를 써서였겠지만 몸에서는 향내가 났다. 몸을 움직일 때마다 옷에서도 좋은 냄새가 나는 걸 보면 비누 말고 다른 화장품도 바르는 것 같았다. 교복이지만 바지에는 신사복처럼 늘 반듯한 주름이 잡혀 있었고 선 날이 무너질까 봐서인지 함부로 앉거나 다리를 비틀지도 않았다. 목욕은 물론이고 옷도 거의 빨아 입지 못하는 나는 스멀스멀 악취가 흘러 나오는 것 같아 되도록 그에게서 떨어져 앉으려 몸까지 외로 비틀었다. 더 사람을 질리게 하는 건 점심시간에 보게 되는 그의 도시락이었다. 도시락은 외양부터가 내 것과는 달랐다. 그건 짜리몽땅하지도 쭈글쭈글 구겨진 틈새에 거뭇거뭇 녹이 피어있지도 않았다. 얄팍한 도시락에서는 반짝반짝 빛이 났다. 반찬을 담는 반찬통도 따로였다. 국물이 흐르지 않게 고무 파킹까지 달린 뚜껑을 열면 별의별 반찬이 다 들어 있어 진짜 기를 죽였다. 그중에서도 칡뿌리를 장작개비처럼 자잘하게 쪼갠 반찬이 늘 있었는데 그게 무얼까, 제일 궁금했다. 색깔은 별로였지만 왠지 귀한 반찬 같았다. 그렇더라도 숙기를 내어 먹어볼 수 없는 게 그들은 정릉아이들처럼 게걸스레 남의 반찬을 집어 먹는 식의 소란을 피우지 않았다.

우리 집은 살림을 할 만한 여자가 없어서 밥을 하는 사람도 따로 정해져 있지 않았다. 그래도 밥은 내가 하는 날이 제일 많았다. 동생들은 너무 어리고 형은 한참 깡패 맛을 드리고 있을 때여서 집에 붙어 있질 않았다. 밥은 짓는 사람에 따라 떡밥일 때도 있고, 죽밥일 때도 있었다. 밥을 고슬고슬 짓는 게 엄마들에겐 일도 아니겠지만 서툰 우리들에겐 너무 어려웠다. 그래도 밥은 질든 되든 목구멍으로 넘기기만 하면 되는데 문제는 반찬이었다. 반찬도 집에서 먹는 거라면 밥과 다를 바가 없겠지만 도시락 반찬은 그럴 사정이 아니어서 괴로웠다. 솜씨도 솜씨려니와 땟거리가 간들거려 달랑 국 한 그릇을 끓이기도 힘든 형편이니, 변변한 찬거리가 따로 있을 턱이 없었다. 만만한 게 홍어자지라는 말처럼 여름이면 호박에 겨울이면 우거지로 노상 국이나 끓여대니, 도시락 반찬으로 무얼 건져 담고 자시고 할 게 없었다. 그나마 깍두기라도 있으면 다행인데 그것도 늘상 있는 게 아니었다. 가끔 동네 아줌마들이 담가다 주는 김치는 대개가 국물이 벙벙한 물김치였다. 그걸 도시락에 넣으려면 국물이 흘러 고민이었다. 살림이 어려워도 그렇지 우리 집에는 뚜껑이 잘 맞아 국물이 흐르지 않을 만한 병 하나가 없었다. 그래 김치를 입으로 쪽쪽 빨아 가며 국물을 제거할 때도 있었다. 먹을 음식을 입에 넣었다 뱉는 게 누가 보면 낯 뜨거워질 일이긴 하지만 어차피 내가 도로 먹을 거니 누구 눈치 볼 일도 아니었다. 혹 짝꿍이 주접스러운 녀석이어서 한 조각이라도 집어간다면 미안하기 짝이 없는 노릇이겠지만 내 짝은 그럴 걱정이 없어 다행이었다. 그보다는 간이 빠져 맹

탕이 된 김치가 너무 싱거워 맨 밥이나 다름 없는 걸 먹어야 하는 게 고역이었다. 그래서 김치를 소금에 찍어 먹을 때도 있었다.

궁하면 통한다고, 도시락 반찬 때문에 마냥 고민만 하던 나는 드디어 나만의 희한한 아이템 하나를 고안해 냈다. 스스로 이름을 붙여 소금장으로 불렀다. 소금장은 제조법이랄 것도 없이 간단해서 소금에다 참기름 몇 방울만 떨어뜨리면 그대로 끝이었다. 소금 반 숟가락에 참기름 너댓 방울이면 도시락 하나는 거뜬했다. 물론 맛으로 먹을 반찬이야 못되지만 그래도 맨 밥에 비할 바는 아니었다. 이미 그런 소금장을 먹어 본 사람이 있는지는 모르지만 나는 분명 나 스스로 만들어 이름도 멋대로 불렀다.

그래도 막상 그런 반찬을 갖고 가면 남들 눈에 띄지 않으려고 도시락 뚜껑을 살짝만 열어놓고 점심을 먹게 되었다. 그러면 호기심 많은 녀석들이 다리 밑에 거지들은 대체 무얼 먹나가 궁금해 기웃거리듯 곁눈질로 힐끔거렸다. 짝꿍 녀석도 그런 모양이었다. 녀석은 내가 도시락에 반찬 담는 걸 잊고 그냥 온 걸로 생각하는 모양이었다. 사실 한 숟가락도 안 되는 소금이 뭉쳐 모서리에 붙어 있으면 잘 보이지도 않아 그런 착각을 할 만도 했다. 짝꿍은 예의 그 칡뿌리 잘게 쪼갠 토막들을 크게 한 젓가락 집더니 내 도시락에다 올려놓았다. 조금 부끄러웠지만 은근히 궁금하던 터라 사양하지 않고 먹어 보았다. 순간, 나는 원 세상에 무슨 반찬이 이리 맛있는 게 있을까 하고 놀랐다. 그건 겉모양처럼 씁쓸한 칡뿌리 맛이 아니었다.

"불쌍하게 우리 동생이 여태 장조림이 뭔지도 모르네!"
결혼한 누나가 다니러 왔을 때 내가 그 말을 했더니 잠자코 듣고 있던 누나가 목 멘 음성으로 나직이 말했다. 나는 그제서야 그 맛있던 반찬이 말로만 듣던 장조림이란 걸 알았다. 고기라면 국으로나 끓여 먹는 것인 줄 알았는데 그렇게도 먹는다는 걸 처음으로 알았다.

나는 문득문득 정릉 아이들이 그리워지기 시작했다. 개네들은 가끔 텃세는 부려도 속으로까지 그러는 건 아니었다. 서로 도시락 반찬 따위가 부끄러워 본 적은 없었다. 중학생이 되어서는 거리낌 없이 신문 뭉치를 끼고 몰려 다니며 킬킬거리는 모습도 부러웠다. 정릉 아이들에겐 신문배달이나 구두닦이도 역시 창피해서 감출 일이 아니었다. 그런데 나는 스스로 개네들 속을 빠져나와 혼자 엉뚱한 곳에 서 있다는 착각이 들었다. 거창하게 망향의 서러움이 북받치곤 했다. 그건 따돌림이었다. 꼭 누가 나서서 그러는 건 아닌데도 나는 스스로가 왕따를 당하고 있었다.

나는 왜 어이다가 떠나 살게 되었는가—
온갖 것 다 뿌리치고 돌아갈까 돌아가—

나는 점심시간이 되면 슬그머니 교실을 빠져나와 뒷산으로 올라가 혼자 먹을 때가 많았다. 어김없이 갈증이 밀려오곤 했다.그래도 한가하게 누워 하늘을 바라보고 있으면 구름이 흐르듯 상상의 날개가 끝없이 펼쳐 나갔다. 그 상상의 끄나풀은 시와 수필과 소설을 넘나들었다.

선생님들도 내 편은 아니었다. 미술 선생은 도화지에, 열두 색깔 이상의 크레용과 크레파스에, 조형 조각 실습용 재료에, 환쟁이가 될 것도 아닌데 화관까지 갖추라며 애를 먹였다. 그게 나에게는 조금 부풀려서 피나 팔아야 생길까 말까 한 돈이었다. 아버지에겐 곧 죽어도 미술 선생쯤은 하찮은 건달에 불과해서 돈 얘기를 꺼낼 형편이 아니었다. 정릉 아이들은 누구에게 크레파스 서너 토막만 얻어가면 그만이라고 했다. 체육 선생은 무식해서 한 술 더 떴다. 서울중학교에는 운동장이 세 개나 되는 데다 실내 체육관도 있어 비가 와도 수업은 쉬지 않았다. 거기에다 중뿔나게 수영장까지 있어 체육 선생이 설치기에 딱 안성맞춤이었다. 체육복은 물론이고

여름이면 수영복에, 겨울이면 스케이트 장까지 만들어 가며 엿을 먹였다. 나는 체육시간이면 주번과 시간을 바꾸어 늘 교실에서 죽쳤다. 체육 선생은 공부로 따지면 우리보다도 무식해서 말이 몰리면 미친개라는 별명처럼 주먹으로 해결하려 발광이었다. 그래도 나는 또 아버지에게 체육복과 수영복과 스케이트를 얘기를 할 수 없는 게, 체조(아버지는 그렇게 표현한다)야말로 아버지에겐 아무짝에도 쓰지 못할 경둥이(아버지는 건달보다도 못한 건달을 또 그렇게 부른다)나 만드는 것일 뿐이기 때문이다. 그러더니 엉뚱하게 다른 학교에서 전근 오신 영어 선생님 한 분이 아예 나를 작살내 버렸다. 그는 영어사전이나 부교재를 사지 못하는 아이의 사정 따윈 알려고도 하지 않았다. 아니, 부교재에서는 자기가 저자여서 그런지 경멸하는 낯빛으로 얼굴부터 찡그렸다. 그는 영어문법 담당이었는데 발음기호와 사전을 활용하는 법도 함께 가르쳤다. 그래서 사전이 꼭 필요했다. 그러나 불행하게도 내게는 사전이 없었다. 그랬다고 교과서도 살 돈이 없어 헌 책방을 돌아다니며 겨우 장만한 처지에 또 아버지 목을 조를 수는 없었다. 사전 하나 값이 때론 아버지를 헤어나오지 못할 절망 속으로 빠뜨리게도 할 수도 있다는 사실을 나는 이미 알고 있는 철든 아이였다. 헌 책을 살 때도 좀 오래 되어 새 책과 페이지들이 조금씩 다른 책은 반에 반 값도 안 되어 그런 것만 찾아다녔다. 책을 지은 사람들은 새 책을 더 팔아먹기 위한 속셈에서인지 같은 내용인데도 페이지를 자주 바꿨다. 그런 책을 사면 선생님이 몇 페이지를 펴라고 할 때가 제일 난감하지만 그쯤은 감수해야 했다.

나도 처음에는 초등학교를 졸업할 때 우등상으로 받은 영어사전이 있기는 했다. 사전은 지질이 누런 마분지에다 한눈에도 조잡하기 이를 데 없었지만 사전은 사전이었다. 처음이라 뭣도 모르고 그 사전을 꺼내놓았을 때, 아이들이 희한한 골동품이라도 발견한 양 흘금거렸다. 서로 야릇한 시선을 주고받으며 노골적으로 킥킥거리는 녀석도 있었다. 그제서야 남의 것

110

과 비교해 보니 그것도 알량한 도시락과 사정이 다르지 않았다. 누런 종이
에는 김치 국물로 얼룩마저 져 있었다. 그래서 되도록 학교에는 가져오지
않고, 혹 가져올 때도 가방에서 꺼내지 않았다. 그마저도 얼마 지나지 않
아 반찬거리에서 흘러 나온 물에 젖어 시커먼 떡이 되는 바람에 할 수 없
이 버리고 말았다. 비닐 봉지가 없던 시절이어서 젖은 콩나물이나 푸성귀
를 사서 책가방에 넣다 보니 그렇게 되었다. 나는 동네에서 반찬거리를 사
는 게 부끄러워 남의 눈에 띄지 않으려고 좀 떨어진 곳에서 사 날랐는데,
감출 곳은 책가방밖에 없었다. 교복까지 입은 남학생 아이가 반찬거리를
산다면 그 사정은 말 안 해도 알 만할 테니 그냥 모른 척해 줬으면 좋으련
만 아줌마들은 왜 또 그리 킬킬거리는지 모를 일이었다. 그래서 나는 들키
면 큰일이라도 나는 물건을 감추듯 반찬거리를 사고 나면 그걸 책가방 속
에다 쑤셔 넣느라 전전긍긍이었다.

아버지는 가난한 아이가 공부를 잘 한다는 이상한 믿음을 갖고 있었다.
사전쯤은 힘들더라도 남의 것을 빌려 보는 아이가 공부를 잘한다는 식이
었다. 자신이 부자에다 유학까지 다녀온 지식인임을 감안하면 이해하기
힘든 논리였지만 그건 거의 신념에 가까웠다. 아버지는 내 힘든 처지 자체
를 고행의 일환으로 간주할 정도였다. 그렇기 때문에 안타까운 일이지만
나는 당분간 영어사전을 갖게 될 희망이 없어 보였다.

사전 없이 치른 영어 시험 점수가 발표되었다. 예의 그 옛날, 예배당 성
경구락부 시절의 점수가 재연되고 말았다. 실로 오랜만에 다시 만난 점수
였다. 그랬다고 기쁠 리는 없는 얼굴이었다. 나도 충격이었지만 선생님도
충격인 모양이었다. 선생님은 마치 자기가 인격적 모독이라도 당한 양, 경
멸에 찬 눈으로 나를 바라보았다. 선생님은 아이들 앞에 나를 세워놓고
'알아서 학교를 그만두시죠!' 하는 식으로 경어까지 섞어가며 비아냥거렸
다. 그건 누가 보아도 악의적인 모욕이었다. 비록 사전이 없어서였지만 나
는 내내 가만히 앉아만 있었을 뿐인데도 형편 없는 비행소년으로 전락하

고 있었다. 나는 코에 손도 대지 않았는데 코를 푼 놈으로 돼 가는 판국이
었다. 속이 답답했다. 말이 통하지 않는 낯선 외국에 서 있는 기분이었다.
절망이 밀려왔다. 나는 영어가 결별을 선언하고 있다고 생각했다. 다시는
영어와, 인단 냄새가 나는 선생님과, 성근 수염이 앙상한 아래턱을 치켜들
고 탈탈 떨며 말하는 사람과는 가까워지지 않을 것 같았다.

* * *

"앞으로 니놈에게 내 과목은 무조건 95점을 주겠다. 자유롭게 써 보거
라!"

쥐구멍으로 기어드느라 더듬거리며 겨우겨우 글을 다 읽고 났는데도 얼
마간 먼 데 눈을 두고 있던 조병화 선생님이 퉁명스럽게 한마디를 던졌다.
한꺼번에 정적이 깨지며 물결처럼 술렁이는 아이들의 탄성이 멀리서이듯
가물거렸다. 내 편을 들어주는 선생님이 다 있다니…… 눈에서 눈물이 핑
돌려고 했다. 술통 같이 무섭던 선생님이 그렇게 따뜻하게 느껴질 수가 없
었다. 나에게 문학적 재능이 있다고? 내게? 믿어지지 않았다. 나는 그때까
지 장래희망에 대해 한 번도 제대로 생각해 본 적이 없었다. 다른 아이들
에게는 너무 많아 속상한 게 장래희망이지만 내겐 사치품인 것 같아서였
다. 그런데 선생님의 말 한마디가 나를 문학에 빠트려 오랫동안 허우적거
리게 만들 것 같은 예감이 들었다. 또 문학이 내 인생을 아주 엉망으로 만
들게 될지 모른다는 예감도 스쳤다.